novum pro

LENA VILLIGER

STUMM

ICH WUSSTE NICHT, WEM ICH GLAUBEN SOLLTE

novum pro

Bibliografische Information
der Deutschen Nationalbibliothek:

Die Deutsche Nationalbibliothek
verzeichnet diese Publikation in
der Deutschen Nationalbibliografie.
Detaillierte bibliografische Daten
sind im Internet über
http://www.d-nb.de abrufbar.

ISBN 978-3-99107-610-0
Lektorat: Lucas Drebenstedt
Umschlagfotos: Honkamaa,
Vadymvdrobot | Dreamstime.com
Umschlaggestaltung, Layout & Satz:
novum Verlag

Gedruckt in der Europäischen Union
auf umweltfreundlichem, chlor- und
säurefrei gebleichtem Papier.

www.novumverlag.com

Inhaltsverzeichnis

1. Vorwort 7
2. Damals, als alles begann 9
3. Es hört nicht auf 11
4. Knoten am Zungenrand – gut- oder bösartig? 13
5. Gewissheit 17
6. Operation oder doch eine alternative Therapie? 20
7. Auf der Suche nach dem Auslöser 23
8. Zwei Jahre später 25
9. Was ist mit meiner Zunge? 27
10. Vernichtende Diagnose 29
11. Erfahrungen mit Ärzten 33
12. Tiefgreifender Entschluss 38
13. Einsicht 47
14. Notaufnahme – Eintritt stationär in die Klinik für Onkologie 52
15. Einlegen der Ernährungssonde 55
16. Zurück nach Hause 57
17. Entlassung aus der Klinik 60
18. Es geht bergauf 62
19. Endlich wieder Sprache statt Block und Stift 64
20. Rückkehr nach Hause 66
21. Operation 67
22. Erwachen aus dem künstlichen Koma 70
23. Wieder auf der Intensivstation 74
24. Aus der Klinik entlassen 82
25. Bestrahlung und Chemotherapie 84
26. Schminkkurs für Krebspatientinnen 88
27. Komplementärmedizin 90
28. Kann ich jemals wieder sprechen wie zuvor? 92
29. Folgen der Erkrankung und der Therapien 94
30. Hat die Krankheit auch etwas Gutes bewirkt? 97
31. Schlusswort 98

1.

Vorwort

Wer kennt nicht mindestens eine Person, die an Krebs verstorben ist, obwohl sie oder er alles getan hat, wozu die Ärzte rieten? Verstümmelnde Operationen, Chemotherapien mit schweren Nebenwirkungen, Bestrahlungen mit Spätfolgen. So habe ich es mit meiner Mutter erlebt. Sie war mit fünfzig an Brustkrebs erkrankt. Oder richtig ausgedrückt, wurde bei ihr mit fünfzig Brustkrebs festgestellt – in fortgeschrittenem Stadium.

Meine Mutter hatte in ihrem ganzen Leben nie eine Zigarette geraucht und sehr selten Alkohol getrunken. Nach der Diagnose Brustkrebs sah ich mit an, wie sie fünf Jahre litt. Nach der Operation begab sie sich in Chemotherapie und musste zudem Bestrahlungen über sich ergehen lassen. Trotzdem frass der Krebs sich weiter.

Als ich Jahre später ein kleines Büchlein fand, das ihr – so nahm ich an – während ihrer Krankheit jemand geschenkt hatte, dachte ich, das sei die Lösung, sollte ich dereinst auch an Krebs erkranken.

In besagtem Büchlein war eine Saftkur beschrieben, zu der ebenso verschiedene Kräutertees gehören. Einige Tees werden bei allen Krebserkrankungen empfohlen, andere werden erkrankten Körperteilen zugeordnet, zum Beispiel ein spezieller Tee bei Brustkrebs, einer bei Lungenkrebs usw.

Für den Saft werden bestimmte Gemüse im richtigen Mengenverhältnis entsaftet. Sechs Wochen soll ein Fastender nur diese Säfte und Tees zu sich nehmen. Erlaubt ist ausserdem eine Portion Zwiebelsuppe pro Tag. Mache man die Kur richtig, sei der Gewichtsverlust klein. So steht es im Büchlein.

Es finden sich im Büchlein Bestätigungsschreiben von ehemals an Krebs Erkrankten, die diese Kur angewendet hatten und vom Krebs geheilt worden seien. Einer, der die Kur anscheinend erfolgreich anwandte, hat sogar ein eigenes Buch dazu geschrieben. Er beschrieb die Anwendung der Säfte und Tees ausführlich und systematisch.

Auch von anderen Kuren und Mitteln wird behauptet, sie könnten Krebs heilen. Als Argument gegen Operationen hört man von alternativer Seite, sobald man in eine Geschwulst schneide, breiteten sich die Krebszellen im Körper aus und es komme in der Folge zu Metastasen. Chemotherapie und Bestrahlung würden den Körper schwächen, was die Selbstheilungskräfte an ihrer Entfaltung hindere.

Die Schulmedizin jedoch geht davon aus, dass es noch keine Alternativen zu den gängigen Behandlungen wie Operation, Chemotherapie und Bestrahlung gibt. Ausser der Immuntherapie, von der seit kurzem berichtet wird.

Sollen wir an die Schulmedizin glauben oder an alternative Behandlungen?

2.

Damals, als alles begann

Die Probleme mit meiner Zunge begannen vor vielen Jahren. Ich spürte ein Brennen an immer derselben Stelle der Zunge. Meine Tochter Aylin war noch ein Kleinkind, als ich zum ersten Mal das Brennen am Zungenrand wahrnahm. Vielleicht war mein Organismus nach Schwangerschaft, Geburt und zwei Jahren Stillen geschwächt.

Zur Linderung benutzte ich ein medizinisches Mundwasser. Das Brennen kam und ging. Als ich immer häufiger an Migräneanfällen litt, hatte ich den Eindruck, dass die beiden Beschwerden zusammenhingen. Hatte ich einen Migräneanfall, spürte ich das Brennen an der Zunge. Die Migräne spürte ich immer rechts; die brennende Stelle an der Zunge war auch rechts. Der Gedanke an eine mögliche Krebserkrankung machte mir Angst.

Als ich nach ein paar Jahren eine weisse Stelle an der Zunge entdeckte – dort, wo ich jeweils das Brennen verspürte – wollte mich meine Zahnärztin beim Kieferorthopäden anmelden. Ich fragte mich, was der Kieferorthopäde mit der Zunge zu tun hat, und wandte mich an die HNO-Abteilung des Universitätsspitals.

Ich bekam sofort einen Termin bei Dr. Mayer, einem Oberarzt der HNO-Klinik. Er entnahm eine Gewebeprobe. Der kleine weisse Fleck war laut Ergebnis eine Vorstufe zu Krebs. Dr. Mayer riet mir bei der Nachbesprechung, etwas benachbartes Gewebe herausschneiden und untersuchen zu lassen. Ich, die im ganzen Leben nie eine einzige Zigarette geraucht hatte, litt mit 44 an einer Vorstufe zu Krebs an der Zunge.

Just zu dieser Zeit war ich wegen meinen häufigen Migräneanfällen bei einer Ärztin in Behandlung, die ihre Patienten ausschliesslich homöopathisch behandelte. Nachdem ich einen ausführlichen Fragebogen ausgefüllt hatte, verschrieb sie mir ein Mittel. Während mehreren Monaten ging ich wöchentlich in ihre Sprechstunde und hoffte, sie finde ein Mittel gegen meine Migräneanfälle.

Als ich der Ärztin erzählte, dass ich mich an der Zunge operieren lassen sollte, riet sie mir davon ab. Sie meinte, es sei ja nur eine Vorstufe zu Krebs. Es könnte nämlich sein, dass sich nach der Operation an der vernarbten Stelle eine Krebsgeschwulst entwickle.

Ich fragte sie: „Und wenn sich die entarteten Zellen zu Krebs entwickeln? Was mache ich dann?"

„Dann können Sie sich immer noch operieren lassen."

Daraufhin entschied ich mich für die Operation. Warum sollte ich erst abwarten, ob aus den entarteten Zellen Krebs entstand oder nicht. Es schien mir sicherer, diese Zellen so schnell wie möglich loszuwerden.

Vorher wollte ich aber mit meinem Mann Selim und meiner Tochter Aylin einen geplanten zweiwöchigen Urlaub in der Türkei am Meer verbringen. Darauf verzichtete ich nicht, auch wenn Dr. Mayer meinte, ich solle den Urlaub verschieben und mich sofort operieren lassen. Wir einigten uns auf einen Termin kurz nach meinem Urlaub. Nach der Operation ging es mir gut. Ich kann mich erinnern, dass ich in der Narkose einen schönen Traum hatte. Es war angenehm, so aufzuwachen. Ein paar Stunden blieb ich im Aufwachraum. Danach konnte Selim mich abholen.

Sowohl sprechen als auch essen konnte ich sofort wieder. Meine Zunge sah noch normal aus. Als das Ergebnis aus dem Labor kam, konnte ich zudem beruhigt sein. Es waren weder Krebszellen noch Vorstufen zu Krebs entdeckt worden.

„Es sieht aus, als ob ich mit der Biopsie alle entarteten Zellen erwischt habe", meinte Dr. Mayer.

Damals hatten wir mit einer Nachbarin engen Kontakt. Sie sagte mir einmal, ein Bekannter von ihr habe Zungenkrebs. Sie wollte mich wohl beruhigen, als sie sagte: „Er lebt noch."

Darauf antwortete ich nichts, dachte aber: „Bei mir war es kein Krebs. Es war nur eine kleine weisse Stelle."

Ich ertappte mich beim Gedanken, diese Operation sei für nichts gewesen – falscher Alarm sozusagen. Hatte die Ärztin, die mich homöopathisch behandelte, womöglich doch recht gehabt, als sie mir von der Operation abriet?

3.

Es hört nicht auf

Es verging ungefähr ein Jahr, bis das Brennen wiederauftauchte – an derselben Stelle. Als ich wieder einmal am Wochenende mit Migräne im Bett lag, war das Brennen an der Zunge deutlich zu spüren. Ich meinte, auch einen weissen Fleck zu sehen.

Am Montag rief ich in der HNO-Abteilung an. Ich bekam sofort einen Termin. An meiner Zunge war aber nichts Auffälliges zu sehen. Dr. Mayer schlug vor, ich solle in regelmässigen Abständen zur Kontrolle kommen.

Danach machte ich einen Fehler. Ich sagte einen Termin ab, weil ich meinte, ich sei nicht abkömmlich von der Arbeit. Leider machte ich auch keinen neuen Termin ab. Das war ein Fehler, selbst wenn ich nicht weiss, ob es an meiner weiteren Krankengeschichte etwas geändert hätte, wäre ich damals zur Kontrolle gegangen.

Die Zunge, die hie und da an immer derselben Stelle brannte, war nur ein Problem, das mich beschäftigte. Ich arbeitete Vollzeit. Daneben erledigte ich auch noch den grössten Teil der Hausarbeiten. Was noch an Zeit blieb, musste ich zwischen Ehemann und Tochter aufteilen. Es kriselte schon seit einigen Jahren in unserer Ehe.

Carola, eine deutsche Freundin, die ich vor vielen Jahren in Stockholm kennengelernt hatte, trennte sich zu dieser Zeit von ihrem Mann. Ich fand es schade. Sie hatten einen dreijährigen Sohn. Im Jahr zuvor waren sie während der Weihnachtsfeiertage zum Truthahnessen bei uns eingeladen gewesen.

Sie hatten damals den Eindruck einer intakten Familie gemacht. Deshalb konnte ich nicht verstehen, dass Carola sich scheiden lassen wollte. Sie sagte mir, ihr Mann sei depressiv. Es sei ihr nicht zuzumuten, bei ihm zu bleiben. Sie müsse an sich selber denken, was ich übrigens auch tun solle. Die Geschichte mit meiner Zunge sah sie als Warnsignal.

„Es hat eine Bedeutung, wo im Körper wir Krebs bekommen. Du solltest aufhören, dir auf die Zunge zu beissen, statt zu handeln."

Im Grunde genommen wusste ich, dass sie recht hatte. Aber ich war überfordert mit der Umsetzung. Ich scheute die Konflikte, die auf mich zukommen würden. Bei uns waren ja die Rollen vertauscht. Bei einer Scheidung hätte ich meinem Mann, der kein Einkommen erzielte, Unterhalt bezahlen müssen. Womöglich hätte er noch das Sorgerecht für unsere Tochter bekommen.

„Er würde nach einer Scheidung in die Türkei zurückkehren", meinte meine Schwester Lilly. Da war ich mir gar nicht sicher. Er würde die Schweiz nicht ohne seine Tochter verlassen. Das sagte er mir auch öfters. Diese Drohung nahm ich ernst. So versuchte ich, das Beste aus der Situation zu machen und weiterhin die Zähne zusammenzubeissen.

Mit der Zeit fing ich an, mir rechts auf die Zunge zu beissen. Es tat jeweils höllisch weh. Ich fragte mich, ob es an den Zähnen oder an der Zunge liege, die scheinbar zu gross war für mein Gebiss. Seit meinem ersten Besuch in der HNO-Klinik waren drei Jahre vergangen.

Eines Tages tastete ich die Zunge ab und erschrak. Ich spürte einen Knoten. Ausgerechnet wieder kurz vor einem Urlaub. In wenigen Tagen wollten wir – wie seit Monaten geplant – in die Türkei reisen. Ich entschied mich, nach dem Urlaub in der HNO-Abteilung des Universitätsspitals anzurufen. Ein paar Wochen würden jetzt wohl keinen grossen Unterschied machen, da der Knoten ja schon da war.

Im Urlaub konnte ich die Gedanken an den Knoten am Zungenrand gut verdrängen. Aber etwas anderes machte mir Sorgen. Ich hatte seit einer Erkältung im Winter einen starken Husten, der sich vor allem nach dem Aufstehen bemerkbar machte. Während des Frühstücks wurde ich regelmässig von Hustenanfällen gequält. So etwas hatte ich bisher in meinem Erwachsenenleben noch nie gehabt. Hatte der Husten am Ende etwas mit dem Knoten auf der Zunge zu tun?

4.

Knoten am Zungenrand – gut- oder bösartig?

Als wir aus dem Urlaub zurück waren, rief ich in der HNO-Klinik an. Ich bekam einen Termin für einige Wochen später. Obwohl ich etwas beunruhigt war, wollte ich nicht drängen. Ich hoffte, dass es auf ein paar Wochen nicht mehr ankommen würde.

In der Zwischenzeit googelte ich nach Zungenkrebs und bekam es mit der Angst zu tun. Ich las von eher harmlosen Basaliomen und von Spinaliomen, die gefährlicher seien, weil bei dieser Art von Hautkrebs die Gefahr von Ablegern grösser sei.

Noch hatte ich den Knoten nicht untersuchen lassen, also wollte ich auch keine Panik machen. Den Husten brachte ich übrigens mit einem homöopathischen Mittel weg.

Endlich war der Tag gekommen, an dem ich den Termin in der HNO-Klinik hatte. Ein junger Assistenzarzt untersuchte meine Zunge und nahm eine Probe. Das Resultat sollte ich eine Woche später erfahren.

Wo war Dr. Mayer geblieben? Bisher war ich jedes einzelne Mal von ihm untersucht und behandelt worden, kein einziges Mal von einem anderen Arzt. Sogar in seinem privaten Sprechzimmer hatte er mich empfangen.

Aber auch als ich eine Woche später wiederkam, war er nicht da. Ein Assistenzarzt empfing mich, um mir mitzuteilen, dass in der Gewebeprobe keine Krebszellen gefunden worden waren, aber ein Hautpilz nachgewiesen wurde.

Ich erhielt ein Rezept für ein Mittel gegen Hautpilz und einen Termin für den nächsten Untersuch. Inzwischen konnte ich den Knoten schon seit zwei Monaten ertasten.

Bei einem Besuch bei meiner Hausärztin sagte ich ihr klipp und klar: „Ich möchte den Knoten in einem anderen Spital untersuchen lassen. Jedes Mal empfängt mich ein anderer Assistenzarzt – ohne Resultat. Können Sie mich woandershin überweisen?“

Bei meinem nächsten Besuch riet mir meine Hausärztin eindringlich, den nächsten Termin in der HNO-Klinik des Universitätsspitals wahrzunehmen. Sie hatte in der HNO-Klinik angerufen und mein Anliegen geschildert.

„Mit Ihrem Problem sind Sie dort bestens aufgehoben. Man hat mir bestätigt, dass das Universitätsspital auf diesem Gebiet führend ist."

Beim nächsten Besuch in der HNO-Klinik des Universitätsspitals wurde ich nicht von einem Assistenzarzt empfangen, sondern von Dr. Sommer, dem leitenden Arzt für Hals- und Gesichtschirurgie. Dass er der Leiter war, erfuhr ich allerdings erst später.

Was mir sofort auffiel an ihm, war seine sehr aufrechte Haltung. Er besass eine gute Körperspannung und wirkte dadurch sehr selbstbewusst. Ich schätzte ihn als höchstens mittelgross ein. Seine Statur war vollschlank und er besass volles dunkles Haar. Um dieses dichte Haar wurde er sicherlich oft benieden. Nicht, dass ich ihn deswegen hätte beneiden müssen, besitze ich doch seit jeher einen vollen Haarschopf. Ich bin ja aber auch eine Frau. Bei einem Mann ist so volles Haar schon eher ungewöhnlich – jedenfalls bei uns in Mitteleuropa.

Dr. Sommer fragte mich, warum ich nicht mehr in die Sprechstunde der HNO-Klinik kommen wollte, und sagte, dass das Universitätsspital auf diesem Gebiet führend sei.

„Ich war jeweils bei Dr. Mayer in der Sprechstunde."

„Dr. Mayer hat die Stelle gewechselt. Er arbeitet jetzt in einer anderen Stadt."

Sah er mir die Enttäuschung an? Dass Dr. Mayer nicht mehr da war, bedauerte ich sehr. Wahrscheinlich hatte er mich längst vergessen, konnte nicht ahnen, wie es jetzt um meine Gesundheit stand. Ich erinnerte mich, wie er mich persönlich angerufen hatte. Zuvor hatte ich in der HNO-Klinik des Universitätsspitals angerufen und meine Beschwerden geschildert. Eine Assistentin rief mich bald darauf zurück und bot mir einen baldigen Untersuchungstermin an.

Arzttermine wahrzunehmen, war für mich damals nicht so einfach, weil ich sozusagen Alleinsekretärin war. Vier Halbtage pro Woche kam zusätzlich eine Studentin, die von der Büropartnerin meines Chefs angestellt worden war. Die Studentin war bereit einzuspringen, damit ich den Termin hätte wahrnehmen können. Ihre Chefin wollte ihr aber just für jene Woche freigeben, weil sie selber Urlaub machte. Deswegen musste ich die ganze Woche anwesend sein für eingehende Telefonanrufe. So rief ich in der HNO-Klinik an und sagte, ich könne nicht kommen, weil ich bei der Arbeit nicht abkömmlich sei. Bald darauf rief Dr. Mayer persönlich an und riet mir, zum Untersuch zu kommen. Da bot mein Chef netterweise an, den Telefondienst für mich zu übernehmen, während ich weg war.

Den weissen Fleck am Zungenrand hielt ich damals für Pilzbefall. Nach einer Biopsie stellte sich dann jedoch heraus, dass es eine Vorstufe zu Krebs war. Ich war stolz darauf gewesen, dass ich für die Gewebeprobe auf eine lokale Betäubung verzichtet hatte. Niemals hätte ich es geglaubt, wenn mir damals jemand gesagt hätte, was noch alles auf mich zukommen würde.

Insgesamt hatte ich mehrere Termine bei Dr. Mayer, Operation inbegriffen. Ich sah nie einen anderen Arzt.

Nun sass ich einem Arzt gegenüber, der mich nur empfing, weil sich meine Hausärztin bei ihm beschwert hatte. So dachte ich jedenfalls. Ich war nur allgemein versichert, konnte also nicht erwarten, dass ein leitender Arzt mich untersuchte.

Früher, als ich noch unverheiratet war und im Ausland arbeitete, war ich privat versichert. Nach der Geburt meiner Tochter wechselte ich auf halbprivat. Für die Geburt bezahlte ich in einer türkischen Privatklinik nämlich weniger, als ich in der Schweiz als allgemein Versicherte bezahlt hätte.

Als wir dreieinhalb Jahre später in die Schweiz zogen, musste auch mein Mann hier krankenversichert werden. Ich reduzierte meine Versicherungsdeckung auf allgemein. Nur meine Tochter liess ich noch ein paar Jahre halbprivat versichert.

Dr. Sommer kam auf die Gewebeproben zu sprechen:

„Um Gewissheit zu bekommen, muss ich eine grössere Probe entnehmen. Das mache ich im Operationssaal mit lokaler Betäubung. Ich denke, für diesen Eingriff braucht es keine Vollnarkose."

Das klang nicht wie eine Frage, eher wie eine Feststellung. Wollte er mir unterstellen, ich sei zimperlich? Die erste Gewebeprobe an der Zunge hatte ich ganz ohne Betäubung über mich ergehen lassen. Dr. Mayer hatte mich dafür gelobt.

Ambulant mit Lokalanästhesie wurde ich eine Woche später an der Zunge operiert. Es war zwar unangenehm, aber erträglich. Eine etwas grössere Gewebeprobe wurde entnommen. Danach wurde ich in den Überwachungsraum geschoben. Selim konnte mich bald darauf abholen.

Als ich am nächsten Morgen in meinem Bett aufwachte, fühlte sich die Bettwäsche nass an. Kein Wunder: Das Kissen, das Laken und der Matratzenschoner waren blutdurchtränkt. Noch bevor ich zur Arbeit ging, wusch ich die Sachen aus.

Eine böse Ahnung beschlich mich. Noch nie hatte meine Zunge nach einer Gewebeentnahme derart geblutet. Ich hatte gelesen, dass Krebszellen sich eigene Blutgefässe schüfen. Daher blutete wohl die operierte Stelle derart stark.

5.

Gewissheit

Just an meinem Geburtstag hatte ich den Termin in der HNO-Klinik, um das Resultat der Gewebeuntersuchung zu erfahren. Meine Befürchtungen bestätigten sich:

„Das habe ich mir gedacht“, sagte Dr. Sommer. „Es ist ein Plattenepithelkarzinom.” (Auch Spinaliom genannt.)

Ich war geschockt, obwohl ich mit dieser Diagnose hatte rechnen müssen.

„Wir müssen operieren. Sie werden danach ein paar Tage stationär bleiben müssen. Den Operationstermin erhalten Sie in den nächsten Tagen.”

Danach kehrte ich zur Arbeit zurück. Die Kanzleipartnerin meines Chefs war erstaunt, als ich ihr sagte, dass ich an einem bösartigen Tumor am Zungenrand litt.

„Nach dieser Diagnose könnte ich nicht so ruhig sein“, konstatierte sie.

Einerseits stand ich unter Schock, anderseits nahm ich mich zusammen. Wer heult schon gerne am Arbeitsplatz? Zudem war gerade ein Klient zu Besuch bei meinem Chef.

Mitfühlend fragte er: „Wie geht es Ihnen?”

Mein Chef hatte ihm gesagt, dass ich einen Arzttermin hatte, nachdem der Klient sich nach mir erkundigt hatte. Diesmal war ich nicht da, als er kam. Normalerweise empfing ich ihn und machte ihm einen Kaffee.

Der Kaffee, den ich mache, sei besser als in jedem Café, pflegte er zu sagen. Schon möglich, dass er häufiger bei uns auftauchte, als nötig war, weil er sich von mir gerne einen Kaffee servieren liess und dabei ein wenig mit mir plauderte.

Am Abend erwartete mich zu Hause meine Tochter Aylin mit einem Makkaroni-Auflauf. Sie besuchte neuestens einen Kochkurs an den schulfreien Nachmittagen.

Selim war zu der Zeit in einem anderen Spital operiert worden, weil er an einem Kropf gelitten hatte. Der war in letzter Zeit gewachsen. Deshalb hatte sein Hausarzt zur Operation geraten. Selim war überzeugt gewesen, dass das mit meiner Zunge etwas Harmloses sei. Ich musste mich also zusammennehmen und diese erschreckende Diagnose vorerst für mich behalten.

***

Als Selim wieder zu Hause war, reagierte er enttäuscht, dass ich ihm nicht genügend Aufmerksamkeit schenkte. Ich war in Gedanken mit meiner kommenden Operation beschäftigt. Er schien noch immer nicht zu glauben, dass es ernst war mit meiner Zunge.

Er hatte über die türkischen Medien von einem natürlichen Mittel gehört, das bei Krebs helfen solle – ein Nahrungsergänzungsmittel, dessen Inhaltsstoffe aus braunem Reis gewonnen wurden. Dieses Mittel bringe Tumore zum Verschwinden, hiess es. Selim glaubte daran. Er rief seinen Freund Ömer in Istanbul an – ein Apotheker – und fragte ihn nach seiner Meinung.

Ömer riet davon ab, sich auf dieses angebliche Wundermittel zu verlassen. „Lena muss sich operieren lassen. Wenn der Tumor noch keine Ableger gemacht hat, ist sie nach der Operation frei von Krebs. Zudem ist die Zunge ein Muskel; sie erholt sich wieder."

Jetzt begann auch Selim zu glauben, dass die Lage ernst war. Das hielt ihn aber nicht davon ab, das angebliche Wunderheilmittel zu bestellen. Für ein kleines braunes Glas voller brauner Pillen, mit heilenden Stoffen aus braunem Reis, bezahlte er gut hundert Euro.

Da die Pillen nun mal da waren, schluckte ich auch welche davon, obwohl ich nicht wirklich glauben mochte, dass damit der Knoten auf der Zunge verschwinden würde. Hätte ich daran glauben sollen? Heisst es nicht, der Glaube versetze Berge?

Ich weiss nicht mehr, wie ich die nachfolgenden Wochen bis zum Operationstermin überstand. Meine Angst wuchs zunehmend. Ich war mittlerweile überzeugt, dass der Krebs bereits gestreut hatte und ich an Lungenmetastasen litt. Deshalb diese Hustenanfälle über Monate!

Auch im Hals spürte ich einen Klumpen. Manchmal hatte ich das Gefühl, keine Luft mehr zu bekommen. Das geschah ganz plötzlich mitten in der Arbeit. Bis ich den Operationstermin hatte, musste ich noch in der Anwaltskanzlei arbeiten.

Meine Ängste und Sorgen behielt ich für mich. Ich durfte jetzt nicht sterben. Meine Tochter brauchte mich. Ihr Vater war arbeitslos und depressiv. Wie sollten die beiden ohne mich zurechtkommen?

Ich wollte auch gar nicht sterben. Es war einfach ungerecht, dass ich an dieser Krankheit litt. Was hatte ich denn falsch gemacht? Ich hatte noch nie im Leben geraucht. Alkohol trank ich fast nie, höchstens mal einen leichten Apéro oder ein Glas Wein. Dass Selim regelmässig Whisky trank, gefiel mir gar nicht.

Meine Gedanken kreisten ständig um dieses Thema. Das Einzige, was mich ablenkte, war eine Weiterbildung zur Personalsachbearbeiterin, die ich just zu diesem Zeitpunkt begonnen hatte. An einem Abend pro Woche ging ich zur Schule. Es war schön, wieder einmal die Schulbank zu drücken. Der Unterricht mit den verschiedenen Fächern war spannend und ich lernte neue Leute kennen.

6.

Operation oder doch eine alternative Therapie?

Das kleine Büchlein, welches eine alternative Krebskur beschrieb, hatte ich nicht vergessen. Ich nahm es immer wieder hervor und las darin. Ich googelte im Internet und fand heraus, dass ein an Prostatakrebs Erkrankter, der die Kur gemacht hatte, ein Buch darüber geschrieben hatte. Dieses war viel übersichtlicher als das kleine Büchlein des verstorbenen Heilpraktikers.

Der Autor war fest überzeugt, dass er durch diese Kur geheilt worden sei. Ich bestellte ein Buch, um es gleich wieder abzubestellen. Ich hatte keine Zeit für Experimente. Er schrieb mir daraufhin eine Mail mit ungefähr dem Wortlaut: „Ich wünsche Ihnen viel Glück."

Genau weiss ich nicht mehr, was er schrieb. Aber ich fragte mich, ob er es ironisch meinte.

Der Tag meines Spitaleintritts kam. Mein Mann Selim fuhr mich zum Universitätsspital. An jenem Tag kassierte Selim gleich zwei Bussen, eine auf der Hinfahrt und eine auf der Rückfahrt, weil er an einer Stelle ein neues Schild mit einer Geschwindigkeitsbeschränkung übersah. Das war zwar etwas ärgerlich, aber wenigstens kam ich gesund und rechtzeitig im Universitätsspital an.

***

Nachdem ich auf der Station aufgenommen worden war, untersuchten mich zwei Assistenzärzte. Ich sagte, dass ich im Hals einen Klumpen spüre. Da müsse etwas sein. Eine Kamera wurde durch meine Nase in den Rachen eingeführt.

„Da ist nichts. Es sieht gut aus“, beruhigten mich die beiden Ärzte. Ich konnte aufatmen. Wahrscheinlich hatte ich also auch keine Lungenmetastasen.

Ein weiterer Untersuch fand in der Klinik für Nuklearmedizin statt. Besagte Klinik befand sich im Untergeschoss. Jemand brachte mich mit einem Elektromobil hin. Dort sollte ich auf die Ärzte warten.

Ich hörte meinen Namen rufen. Als ich mich umdrehte, sah ich in einiger Entfernung drei Männer im Arztkittel stehen. Drei Männer in Weiss warteten auf mich. Es war ein komisches Bild. Ich konnte den Ernst der Situation beinahe vergessen.

Ich wurde in einen Raum geführt und musste mich auf eine Liege legen. Dr. Sommer erklärte mir, dass er einen radioaktiven Marker in die Nähe des Tumors spritze. Ich dürfe die Flüssigkeit auf keinen Fall schlucken.

Er erklärte mir, dass die eingefärbte Flüssigkeit als Erstes in den Wächterlymphknoten fliesse. Dieser müsse während der Operation entfernt werden, um ihn auf Krebszellen untersuchen zu lassen.

Glücklicherweise stellte sich nach der Operation heraus, dass der Wächterlymphknoten nicht befallen war. Wäre er befallen gewesen, hätten alle Lymphknoten auf der rechten Halsseite entfernt werden müssen.

Nach dieser Operation konnte ich zuerst nur sehr undeutlich sprechen. Diesmal war ein grösseres Stück meines Zungenrandes entfernt worden. Um sicher zu gehen, dass alle Krebszellen eliminiert wurden, musste ein Sicherheitsabstand eingehalten werden.

Dr. Sommer sagte anlässlich einer Nachuntersuchung zu mir: „Ich habe Ihre Zunge schön schlank gemacht, so dass sie in Zukunft nicht mehr darauf beissen."

„Was ist, wenn der Krebs wiederkommt? Bleibt dann noch etwas von meiner Zunge?" So dachte ich für mich und hoffte natürlich, dass es nie so weit kommen würde.

Ich hatte nicht damit gerechnet, dass meine Zunge fortan rechts angewachsen sein würde. Es dauerte einige Zeit, bis ich wieder deutlich sprechen konnte. Am ersten Morgen nach der Operation wurde mir vom Pflegepersonal aufgetragen, meiner Bettnachbarin etwas auszurichten, die gerade nicht im Zimmer war.

Als meine Bettnachbarin mit einem Besucher hereinkam, wollte ich tun, wie mir aufgetragen worden war. Weder sie noch ihr Besucher verstanden auch nur ein Wort. Ich lallte wie ein Betrunkener. Warum musste diese Pflegefachfrau mir diesen Auftrag geben? Wusste sie nicht, dass ich an der Zunge operiert worden war?

Bereits am ersten oder zweiten Tag nach der Operation bekam ich Besuch von meiner Freundin Annemarie. Während sie bei mir war, kam Dr. Berger herein, den ich während den Voruntersuchungen kennengelernt hatte. Auch unmittelbar nach der Operation hatte er sich um mich gekümmert – mir ein Migränemittel beschafft. Jetzt erkundigte er sich, wie es mir gehe.

Als er das Zimmer wieder verlassen hatte, sagte meine Freundin: „Wie nett er ist! Du wirst ja richtig verwöhnt hier."

Dr. Berger war in der Tat sehr nett. Er liess mich noch etwas länger als vorgesehen auf der Station bleiben.

„Wir haben zwar einige Neueintritte, weshalb Sie sich das Zimmer mit zwei anderen Patientinnen teilen müssen. Aber es tut Ihnen sicher gut, wenn Sie noch ein paar Tage bleiben können. Zu Hause werden Mann und Kind Sie wieder beanspruchen. Ist es nicht so?"

„Ja, ich bleibe gerne noch etwas länger." Hier bekam ich aus der Diätküche die besten Shakes. Ich hätte nie zuvor gedacht, dass Broccoli-Shake so gut schmecken kann. So liess ich mich gerne noch ein wenig länger verwöhnen.

7.

Auf der Suche nach dem Auslöser

Bei der ersten Nachsorgeuntersuchung kam das Gespräch auf den möglichen Grund meiner Krebserkrankung an der Zunge. Es war allen ein Rätsel. Dr. Berger vermutete als Auslöser eine Viruserkrankung.

„Erst kürzlich hatten wir eine jüngere Frau hier mit einem Tumor am Zungenrand. Ich glaube, dass bei ihr und auch bei Ihnen die Krankheit durch Humane Papillomviren ausgelöst wurde."

„Ja, das könnte so sein", antwortete ich. „Bei mir wurden solche Viren nach einem gynäkologischen Untersuch festgestellt."

Der leitende Arzt Dr. Sommer zeigte sich skeptisch.

„Ich glaube das in Ihrem Fall nicht. Aber wir lassen das Gewebe dennoch darauf untersuchen."

Danach richtete er sich an Dr. Berger. Soweit ich mich erinnere, sagte er zu ihm: „Ist ein HP-Virus schuld an der Erkrankung, befindet sich der Tumor typischerweise hinten bei den Mandeln. In diesem Fall aber hatte die Patientin einen Tumor am Zungenrand. Deshalb erachte ich es als unwahrscheinlich, dass bei ihr das Virus der Auslöser war."

Warum musste Dr. Sommer immer alles besser wissen? Dr. Berger lieferte mir eine mögliche Erklärung für die Erkrankung. Das wollte ich hören.

Nur weil meine Mutter an Brustkrebs gestorben war, hatte ich wohl nicht Krebs bekommen – und ausgerecht an der Zunge. Nicht, dass ich mir wünschte, im Mundraum von diesem Virus befallen zu sein. Ich wollte einfach nur wissen, warum ich ausgerecht an der Zunge ein Krebsgeschwür hatte.

Warum wollte Dr. Sommer nicht an das Virus als Auslöser glauben? Scheinbar wusste er es aber tatsächlich besser. Als das Resultat der Gewebeuntersuchung vorlag, liess er mich wissen:

„Ich habe es gewusst. Das Virus konnte nicht nachgewiesen werden. Vielleicht sollten Sie Ihre Zähne abschleifen lassen; sie haben sehr scharfe Kanten."

Kritisierte er den Zustand meiner Zähne? Ich ging regelmässig zur Zahnärztin. Noch nie hatte sie mich auf scharfe Kanten an meinen Zähnen aufmerksam gemacht. Doch um nichts zu versäumen, liess ich die Kanten schleifen.

Es folgten Kontrolluntersuchungen in der HNO-Klinik in immer länger werden Abständen, bevor ich nach fünf Jahren als geheilt erklärt wurde. Diese Kontrolluntersuchungen hatte ich öfters bei Dr. Sommer.

Wir sprachen jeweils ein paar Worte miteinander. Einmal kam die Sprache wieder auf mögliche Auslöser der Krankheit.

„Wir essen gerne scharf. Könnte das nicht auch ein Grund sein?", fragte ich.

„Das glaube ich nicht", antwortete er bestimmt.

„Das glaube ich nicht" und „das habe ich gewusst" schienen seine bevorzugten Sätze zu sein.

Ein anderes Mal empfing er mich mit den Worten: „Sie wirken heute so entspannt. So habe ich Sie noch nie erlebt."

Also, mit einem Plattenepithelkarzinom am Zungenrand hatte ich wohl kaum Grund, fröhlich zu sein. Ich zuckte nur mit den Schultern und erwiderte: „Ich habe einen neuen Job. Kann sein, dass das der Grund ist."

Er lachte, und ich dachte: „Wer ist hier entspannt?"

Hatte ich ihn schon je so gut gelaunt erlebt? Er kam doch nicht etwa auf die Idee, ich flirte mit ihm. Das wäre mir peinlich. Aber wir würden uns nicht mehr oft sehen. Davon war ich überzeugt.

„Nur noch ein paar wenige Nachsorgetermine und die Fünfjahresfrist ist überstanden. Danach werde ich aufpassen, dass ich nie mehr in diese Klinik kommen muss", dachte ich.

Ich durfte mir gar nicht vorstellen, was ein weiterer Knoten an der Zunge bedeuten würde. Was würde nach einer weiteren Operation von meiner Zunge überhaupt noch übrigbleiben? Zumal bei solchen Operationen noch der Sicherheitsabstand zum gesunden Gewebe eingehalten werden sollte. Ich tat besser daran, solche Gedanken zu verdrängen.

8.

Zwei Jahre später

Die letzte Kontrolluntersuchung in der HNO-Klinik liegt zwei Jahre zurück. Mein Mann ist inzwischen an Magenkrebs verstorben – sechs Monate nach der Krebsdiagnose. Der letzte Monat seines Lebens war sehr belastend für mich.

Ich arbeite jetzt viel. Meine Freizeit verbringe ich meistens alleine. Meine Tochter Aylin bereitet sich auf die Matura vor. In der Freizeit ist sie viel mit Freunden unterwegs. Einen Freund hat sie derzeit nicht. Sie ist noch nicht über ihre erste Liebe hinweggekommen.

Die Krankheit ihres Vaters hat uns beide mitgenommen. Wir sprechen selten darüber. Und wenn doch, dann darf ich auf keinen Fall weinen. Denn das versteht Aylin nicht, hatte ich mich doch vor seiner Krankheit von ihm scheiden lassen wollen.

In den Sommerferien – acht Monate nach Selims Tod – reise ich mit Aylin für zwei Wochen nach Alanya in der Südtürkei. Es dürfte das letzte Mal sein, dass wir zusammen in den Urlaub fahren. Aylin ist achtzehn. Im Herbst wird sie neunzehn. Es ist normal, dass sie mit Gleichaltrigen zusammen sein will.

In Alanya treffen wir Aylins Halbbruder Cem. Ich habe ihn kurz vor der Abreise angerufen. Wir sehen ihn ein paarmal; einmal ist auch seine Frau Pelin dabei. Wir essen in einem Restaurant mit Bar, das der Firma gehört, für die Cem arbeitet. Möglicherweise ist er ebenso Teilhaber der Firma. Auf jeden Fall ist er sehr stolz auf das Restaurant. Wir treffen uns mit ihm öfters abends dort, essen etwas und trinken ein Glas Roséwein.

Die Firma, für die Cem arbeitet – oder deren Teilhaber er ist –, verkauft Wohnungen in der Region Antalya an Ausländer. Gemäss Cem sind viele der Kunden Engländer, die ihren Lebensabend in der Region Antalya verbringen wollen.

Cem will mir unbedingt eine solche Wohnung zeigen, kaum sind wir in Alanya angekommen. Ich bin jedoch von der Reise noch mitgenommen, leide an einer leichten Migräne. Zudem ist es sehr heiss. Später fragt Cem noch einmal, ob wir hinfahren wollen.

„Wir können dort auch im Pool schwimmen", versucht er, uns den Ausflug schmackhaft zu machen. Doch wir haben keine Lust, in der grossen Hitze einen Ausflug zu machen. Ich würde mir zwar gerne von Cem die Siedlung zeigen lassen. Am Kauf einer Wohnung bin ich jedoch nicht interessiert, auch wenn Cem dabei eine Provision entgeht.

Mein Leben spielt sich in der Schweiz ab. Ich habe nicht vor, in die Türkei zu ziehen. Um einmal im Jahr dort Urlaub zu machen, brauche ich keine eigene Wohnung. Da wohne ich lieber im Hotel, wo ich weder einkaufen noch kochen muss.

Cems sechsjährigen Sohn Engin bekommen wir nicht zu Gesicht. Cem sagt uns, sein Sohn sei krank. Während unseres Aufenthalts in Alanya ist Ramazan Bayram. Den feiern Cem, Pelin und Engin mit Pelins Eltern. Uns laden sie nicht ein.

Aylin ist sehr enttäuscht, als wir nach zwei Wochen in die Schweiz zurückfliegen und sie ihren Neffen nicht kennengelernt hat.

Vor knapp vier Jahren waren wir in den Herbstschulferien für zehn Tage in Alanya. Damals kontaktierte Aylin ihren Halbbruder vom Hotel-Computer aus per E-Mail und fragte, ob sie ihn treffen könne. Cem antwortete damals, er würde sie gerne sehen, aber nicht seinen Vater. Sie hatten sich nach dem Tod von Cems Mutter gestritten, weil Selim eine unflätige Bemerkung über seine Exfrau gemacht hatte.

9.

Was ist mit meiner Zunge?

Seit dem Urlaub sind drei Monate vergangen. Es ist Herbst geworden. Nach einer schweren Erkältung merke ich im November, dass weiter hinten auf der Zunge etwas gewachsen ist. Es ist wie aus dem Nichts gekommen, ganz plötzlich da. Kommt eine Krebsgeschwulst so schnell? Oder ist es etwas Harmloses?

Warum? Diese Frage lässt mich nicht los. Warum erkranke ich immer wieder an der Zunge? Einige Sprachen verwenden für Zunge und Sprache dasselbe Wort.

Ich erinnere mich an meinen Schuleintritt als Sechseinhalbjährige. Die Lehrerin wirkte männlich und sehr autoritär. Damit eignete sie sich sicher für schwer erziehbare Jungen. Ich aber war ein äusserst sensibles Mädchen. Fragte sie mich etwas, brachte ich kein Wort heraus. Sobald sie aus dem Raum war, konnte ich sprechen. War sie wieder da, war ich stumm. So ging es einige Wochen.

An einem schulfreien Mittwochnachmittag besuchte uns die Lehrerin. Die Metzgerei meiner Eltern war – wie die meisten Geschäfte zu jener Zeit – mittwochnachmittags geschlossen. Meine Mutter sass im Wohnzimmer und besserte Kinderkleider aus. Meine jüngste Schwester lag im Stubenwagen. Die Lehrerin stellte meine Mutter vor die Wahl. Sie wollte mich nur unter der Bedingung in der Klasse behalten, dass meine Eltern mich psychologisch abklären liessen. Einen Schulpsychologen gab es nicht. Vom selektiven Mutismus, bei welchem es Kindern in bestimmten Situationen die Sprache verschlägt, hatte die Lehrerin anscheinend nie etwas gehört. Vielleicht wusste man damals noch nichts davon.

Meine Eltern waren nicht bereit, mich psychologisch abklären zu lassen. Sie schämten sich dafür, dass ich mich nicht normal verhielt. Eher konnten sie akzeptieren, dass ich zurückgestellt oder in die Sonderschule eingeteilt werden würde, bliebe ich auch im Folgejahr stumm. Meine älteren Geschwister drohten mir, ich käme in die Sonderschule – in eine Sonderklasse für zurückgebliebene und verhaltensgestörte Kinder.

Ich wurde in die Schublade für verhaltensgestörte Kinder gesteckt. Dass ich keinesfalls geistig behindert war, wussten alle. Ich hatte schon als Vierjährige einen grossen Wortschatz gehabt und konnte mit fünf oder sechs Jahren auf Italienisch bis zehn zählen. In der Wohnung unter uns wohnte eine italienische Gastarbeiterfamilie mit einem Jungen in ungefähr meinem Alter.

Später mieteten meine Eltern diese Wohnung dazu, weil es dort ein Badezimmer gab. Oben hatten wir nur gerade eine Toilette in einem winzigen Raum. Waschen mussten wir uns in der Küche. Ich weiss nicht mehr, ob wir Warmwasser hatten oder Wasser für Wäsche und Abwasch auf dem Herd wärmen mussten. Natürlich hatten wir weder eine Waschmaschine noch einen Geschirrspüler. Meine Mutter musste alles von Hand waschen. Als meine Eltern die untere Wohnung auch gemietet hatten, wusch meine Mutter die Wäsche dort in der Badewanne.

Von der unteren Wohnung in die obere führten Stufen im Freien. Weil die Wohnungen nicht miteinander verbunden waren, benutzten wir nur das Badezimmer im unteren Geschoss. Die verbleibenden zwei oder drei Räume dienten als Lager. In jenen Jahren veränderte sich unsere Mutter von einer hübschen, jungen Frau in eine gestresste. Jahre später war sie gesundheitlich stark angeschlagen.

Die Sonderschule blieb mir dann doch erspart. Als ich zum zweiten Mal eingeschult wurde, bekam ich glücklicherweise eine junge Lehrerin. So jung, wie sie war, konnte sie höchstens seit ein paar Jahren mit der Ausbildung fertig sein. Mit ihr konnte ich sprechen. Wahrscheinlich fiel meinen Eltern damals ein Riesenstein vom Herzen.

10.

Vernichtende Diagnose

Ein paar Tage behalte ich das Wissen um die Veränderung an meiner Zunge für mich. Dann sage ich es meinem Chef, auch dass ich vor einigen Jahren an der Zunge operiert wurde. „An deiner Stelle würde ich das untersuchen lassen", sagt er. „So weisst du, woran du bist."

Nach diesem Gespräch rufe ich endlich meine Hausarztpraxis an. Auf die Schnelle bekomme ich keinen Randtermin. Ich muss mich mit einem Termin um 09:30 Uhr begnügen. Es lohnt sich nicht, vorher mit der S-Bahn zur Arbeit zu fahren und dann wieder zurück für den Arzttermin. Aber wenn ich an die vielen bereits geleisteten Überstunden denke, brauche ich kein schlechtes Gewissen zu haben, einmal später zur Arbeit zu kommen.

In der Hausarztpraxis bin ich einer jungen Ärztin zugeteilt. Nachdem sie mir in den Mund geschaut hat, bestätigt sie, dass hinten auf der Zunge eine Erhöhung ist.

„Das sollten Sie in der HNO-Klinik abklären lassen. Rufen Sie am besten gleich an. Sie waren ja schon öfter dort", rät sie mir. Ich kann die Tränen nicht zurückhalten. Aufgelöst verlasse ich die Arztpraxis.

Ich muss mich beruhigen, bevor ich zur Arbeit gehe. Im Waschraum des nahen Einkaufszentrums schminke ich meine Augen nach. Ich will nicht, dass man mir ansieht, dass ich geweint habe.

Als ich am Arbeitsplatz eintreffe, kann ich nur mit Mühe meine Fassung bewahren. Mir gegenüber sitzt meine Bürokollegin Silvia. Bernadette, eine zweite Kollegin, betritt gerade den Raum. Sie macht sich an einem Aktenschrank zu schaffen, dreht sich um und fragt mich:

„Und, bist du gesund?" Diese Frage hat gerade noch gefehlt. Jetzt ist es vorbei mit meiner Fassung. Ich erzähle den beiden von meinem Problem mit der Zunge, dass ich vor einigen Jahren operiert worden bin und es sich um einen bösartigen Tumor gehandelt hat.

Bernadette habe ich das bereits erzählt, als wir kürzlich gemeinsam zu Mittag gegessen haben. Sie scheint es vergessen zu haben. Denn sie schaut mich jetzt nur ungläubig an. Ja, von aussen sieht man nichts. So ist das nun mal.

***

Die HNO-Klinik wünscht eine Überweisung von meiner Hausärztin, weil mehr als zwei Jahre vergangen sind, seit ich das letzte Mal dort war.

Mit der Überweisung bekomme ich recht schnell einen Termin in einer Sprechstunde der HNO-Klinik. Es ist Montag, als ich am frühen Abend hingehe. Noch immer hoffe ich, dass ich nicht wieder an Krebs erkrankt bin. Es könnte doch auch etwas anderes sein.

Ich werde von einem Assistenzarzt empfangen. Ein Unterassistenzarzt schaut bei der Untersuchung zu. Ich erzähle dasselbe, was ich schon meiner Hausärztin erzählt habe. Zudem ist meine Krankengeschichte dokumentiert. Der junge Arzt entnimmt eine Gewebeprobe. Ich bekomme wieder einen Termin für ein paar Tage später.

Als ich aus dem Behandlungszimmer trete, sehe ich Dr. Sommer. Er ist mit einem Patienten im Gespräch, nimmt mich nicht wahr. Er ist mir mit dem Rücken zugewandt, als ich an ihm vorbeigehe. Ich bin froh, dass er mich nicht sieht. Er soll nicht wissen, dass ich wieder einen Tumor habe. Es fühlt sich an wie eine Niederlage. Als ob er das nicht demnächst erfahren würde – wahrscheinlich noch am selben Abend! Schliesslich leitet er die Abteilung.

Dr. Sommer sieht irgendwie anders aus, als ich ihn in Erinnerung habe. Er trägt jetzt einen Dreitagebart. Die Bartstoppeln sind so dunkel wie sein dichtes Kopfhaar. Zudem ist er ein wenig übergewichtig geworden. Zu viel Stress? Zu lange Arbeitszeiten, um an die eigene Gesundheit zu denken?

Obwohl er mich nicht wahrgenommen hat, habe ich sein Gesicht gesehen, als ich vorhin an ihm vorbeigegangen bin. Er hat sehr ernst dreingeschaut. Geht es ihm gut?

Beim nächsten Termin in der HNO-Klinik ahne ich bereits bei der Begrüssung, dass das Resultat der Gewebeprobe positiv ist. Der Assistenzarzt – es ist noch immer derselbe – bestätigt meinen Verdacht. Ich habe wieder ein Plattenepithelkarzinom an der Zunge. Was ich zu diesem Zeitpunkt noch nicht weiss: Es sind gleich mehrere Herde vorhanden.

Diesmal bleibe ich gefasst. Ich breche nicht nur nicht in Tränen aus, sondern zeige überhaupt keine Gefühle.

Es ist, wie wenn mit der Diagnose bei mir eine Sicherung durchgebrannt wäre. Ich glaube nun, dass die Anhänger der alternativen Medizin doch recht haben. Bisher habe ich alles gemacht. Bereits als ich nur eine Vorstufe zu Krebs am Zungenrand hatte, liess ich ein Stück davon wegoperieren.

Später erkrankte ich an derselben Stelle wieder, hatte einen Knoten am Zungenrand, der sich als Plattenepithelkarzinom entpuppte. Wieder liess ich mich operieren. Wieder wurde ein Stück meines Zungenrandes entfernt, grosszügig diesmal. Der Sicherheitsabstand sollte gewahrt werden, um vor einem Rezidiv zu schützen.

Ich bin keine hartgesottene Alternativmedizin-Anhängerin. Ich bekämpfe meine Migräneanfälle mit Medikamenten, die mir der Hausarzt verschreibt. Globuli helfen mir nicht dabei. Ich kann nicht tagelang im Bett liegen wegen eines Migräneanfalls – ausser es ist Wochenende.

Ich bin auch keine Impfgegnerin, habe meine Tochter immer impfen lassen, wenn der Kinderarzt dazu riet.

Als ich jetzt aber diese Diagnose erhalte – gute zehn Jahre, nachdem ich zum ersten Mal wegen meiner Zunge in dieser Klinik war –, weiss ich nicht mehr, was ich glauben soll. Zum zweiten Mal leide ich an einem bösartigen Tumor an der Zunge. Von Mal zu Mal muss ich invasiver operiert werden.

Ich glaube nun, dass die beiden Operationen umsonst waren. Genau genommen, waren es sogar drei. Als eine grössere Probe entnommen werden musste, geschah das ebenfalls im Operationssaal, wenn auch unter lokaler Anästhesie.

Ich habe gelesen, dass Vernarbungen eine Ursache für die Entstehung eines Plattenepithelkarzinoms sein können. Solche sind ja gerade wegen der vorangehenden Operationen vorhanden.

„Vielleicht wäre meine Zunge jetzt gesund – und nicht verunstaltet –, wenn ich zu Beginn eine alternative Heilmethode angewendet hätte“, denke ich.

11.

Erfahrungen mit Ärzten

Wie war das gleich, als mir der Gynäkologe, zu dem ich jahrelang ging, nach einem Abstrich sagte, ich hätte veränderte Zellen? Es handle sich um eine Vorstufe zu Krebs.

Er fragte mich: „Sind Sie Ihrem Partner immer treu gewesen? Irgendwo haben Sie sich nämlich mit HPV infiziert."

Warum sagte ich ihm daraufhin nicht die Meinung? Seine unverschämte Frage wäre ein Grund gewesen, sofort den Arzt zu wechseln. Heute bin ich soweit, dass ich ihm sagen würde: „Erstens geht Sie das nichts an. Und zweitens kann mich auch mein Mann mit dem Virus angesteckt haben."

Auf meine Frage, ob ich etwas tun könne, damit die Zellen gesund werden, antwortete er: „Sie können nichts machen, nur den nächsten Abstrich abwarten."

Ich glaubte ihm und unternahm nichts. Nach dem nächsten Abstrich musste ich mich operieren lassen. Beim ersten Abstrich nach der Operation zeigten sich wieder veränderte Zellen. Wieder einfach abwarten mochte ich nicht. Ich besorgte mir ein Frauenheilbuch. Darin fand ich Rezepte für Scheidenzäpfchen zur Pflege der Schleimhaut. Mit einem dieser Rezepte ging ich in eine Apotheke und liess so viele Zäpfchen herstellen, dass sie für einen Monat reichten. Nach Anwendung der Zäpfchen war der Abstrich unauffällig und blieb es seither.

Einmal hatte ich am Wochenende Krämpfe in der Gegend des Eileiters. Am Montag rief ich in der Praxis des Gynäkologen an und bekam sofort einen Termin. Nachdem er mich untersucht hatte, riet er mir zu einer Totaloperation – vorsorglich.

Er ging davon aus, dass ich mit Mitte 40 die Familienplanung abgeschlossen hatte. Mit diesem Alter schwanger zu werden, sei sowieso höchst unwahrscheinlich.

An ein weiteres Kind dachte ich zu diesem Zeitpunkt wirklich nicht mehr. Aber deswegen wollte ich nicht gleich Gebärmutter und Eileiter entfernen lassen.

Um Gewissheit zu bekommen, wie es mit meiner Unterleibsgesundheit stand, vereinbarte ich einen Termin in einer anthroposophischen Klinik. Eine sehr erfahrene Ärztin untersuchte mich. Beim anschliessenden Gespräch sagte sie: „Ich würde Sie gerne operieren, wenn es etwas zu operieren gäbe."

Als ich das meinem Gynäkologen sagte, reagierte er verärgert, weil ich eine zweite Meinung eingeholt hatte. Das war es dann. Ich hatte das Glück, bei einer Gynäkologin als Patientin aufgenommen zu werden. Diese Ärztin bestätigte mir, dass ich keine Totaloperation brauchte: „Gut, haben Sie eine Zweitmeinung eingeholt. Die Vernarbungen, die Sie von früheren Unterleibsoperationen haben, reichen aus."

Von diesem Frauenarzt abgesehen, habe ich in meinem Leben meistens gute Erfahrungen mit Ärzten gemacht. Das fing schon kurz nach der eigenen Geburt an.

Meine Mutter erzählte mir die Geschichte über meine Geburt mehr als einmal. Sie brachte mich in einem Spital zur Welt. Der Arzt war ein Belegarzt. Als er meine Mutter nach der Geburt in ihrem Spitalzimmer besuchte, habe er mit mir gespielt. Er sei ganz entzückt gewesen von mir, habe gesagt:

„Dieses Baby ist so niedlich. Und diese weisse Strähne inmitten der dunklen Haare – so modisch!"

Wenn meine Mutter diese Geschichte erzählte, merkte ich, dass sie damals stolz gewesen war auf mich. Eines der wenigen Male, dass sie stolz war auf mich.

Da war noch etwas an meiner Geburt, was ich immer wieder zu hören bekam. Ich war an einem Sonntag geboren. Daraus schloss meine Mutter, dass ich fortan Glück haben würde im Leben.

Kommt darauf an, was man unter Glück versteht und wie gross dieses sein soll. Ich bin der Meinung, dass ich ein paarmal Glück hatte im Leben, auch wenn nicht immer alles glücklich verlaufen ist.

Die zweite wichtige Begegnung mit einem Arzt war, als ich mit viereinhalb Jahren von einem Auto angefahren wurde. Meine

Mutter schickte meinen zwei Jahre älteren Bruder zur Bäckerei. Mein gut zwei Jahre jüngerer Bruder und ich wollten unbedingt mitgehen. Als wir die Strasse auf dem Zebrastreifen überquerten, geschah es. Ich kann mich nicht mehr erinnern, wie es passierte.

Ich weiss nur noch, wie danach die Automobilistin uns drei Kinder zur elterlichen Metzgerei begleitete, die nur ungefähr zweihundert Meter entfernt war. Das Blut tropfte von meinen Lippen. Mein Vater schimpfte mit der Frau. Meine Mutter rief den Hausarzt an. Damals machten die Hausärzte noch Hausbesuche. Wahrscheinlich war sein Sprechzimmer voll. Trotzdem kam er sofort. Er beruhigte meine Mutter:

„Ich nehme das Kind mit und versorge es. Sie brauchen nicht mitzukommen. Sie haben genug zu tun mit dem Geschäft und den anderen Kindern."

In seiner Praxis angekommen, erhielt ich zuerst eine Spritze. Die Praxisassistentin – es war seine Frau – war sehr ungeduldig und unfreundlich zu mir. Sie verstand nicht, dass ich mich gegen die Spritze wehrte. Der Arzt war sehr nett. Nachdem es doch gelungen war, mir die Spritze zu geben, nähte er meine Unterlippe.

Unser damaliger Hausarzt war nicht nur sehr nett. Er sah auch noch unglaublich gut aus – jedenfalls habe ich das so in Erinnerung. Ich fragte mich damals, wie so ein netter Mann mit einer so unsympathischen Frau verheiratet sein konnte.

Leider verstarb dieser Arzt viel zu früh an einer Lungenentzündung. Er hatte sich für seine Patienten aufgeopfert. Nach der Sprechstunde, die auch samstags regelmässig stattfand, machte er jeweils noch Hausbesuche.

Soviel ich weiss, musste der Arzt mir nur die Unterlippe nähen. Aber woher stammt die kleine Narbe über der Oberlippe?

In der Primarschule hatten wir einmal das Thema Hasenscharte.

„Es wird operiert. Später sieht man nur noch eine kleine Narbe", erklärte die Lehrerin.

Meine Banknachbarin meldete sich:

„Lena hat eine Narbe zwischen Nase und Oberlippe. Das könnte doch von einer Hasenscharte herrühren."

„Hattest du eine Hasenscharte, Lena?", fragte die Lehrerin interessiert.

„Nein", sagte ich, konnte damit aber weder die Lehrerin noch meine Banknachbarin überzeugen. Das mit dem Autounfall und Nähen der Lippen kam mir erst später wieder in den Sinn.

Zurück zu meinem Unfall:

Der Arzt brachte mich in seinem Auto nach Hause, nachdem die Lippe genäht worden war. Er wies meine Mutter an, wie ich in den nächsten Tagen ernährt werden solle – zunächst mit flüssiger Nahrung.

Ich bekam unter anderem rohe, schaumig geschlagene Eier, die ich mit einem Strohhalm trank und die sehr gut schmeckten.

Nachdem ich nach Hause gebracht worden war, lag ich wie betäubt auf dem Bett. Stundenlang starrte ich an die Decke. Als meine ältere Schwester, mit der ich das Zimmer teilte, von der Schule nach Hause kam, verstand sie nicht, warum ich still dalag und nichts sagte.

„Lena, Lena", rief sie. „Was ist los? Kannst du nicht mehr sprechen oder tust du nur so?"

Beim Mittagessen erfuhr sie, was passiert war. Mein Vater war wütend auf die Autofahrerin, eine Nachbarin. Die Frau tat mir später leid. Sie hatte selber kleine Kinder.

***

Mit 31 Jahren schliesslich verschleppte ich eine Eileiterentzündung. Es bildete sich ein Abszess am Eileiter. Ich mag mir gar nicht ausdenken, was geschehen wäre, wenn der Abszess geplatzt wäre. Mein Leben hätte damals schon ein Ende nehmen können, hätte ich mich nicht in fachkundige Hände begeben. Das tat ich allerdings erst, nachdem ich ein halbes Jahr unter wiederkehrenden Bauchkrämpfen gelitten hatte. Ich dachte, es seien Symptome meines Reizdarms, da ich just zu jener Zeit unter grossem Stress stand.

Während einer mehrstündigen Operation wurde der Eileiter, der nicht mehr zu retten war, entfernt. Ohne Operation hätte ich keine Überlebenschance gehabt. Das weiss ich. Deshalb bin ich den Ärzten, die mich operiert haben, dankbar.

***

Einmal musste ich wegen einer Fischgräte in den Notfall. Zu jenem Zeitpunkt lebte ich mit meinem Mann Selim und unserer Tochter Aylin, die damals ungefähr ein Jahr alt war, in Istanbul. Sonntags assen wir oft Fisch, manchmal in einem Restaurant, manchmal auch zu Hause.

An jenem Sonntag hatte Selim für uns zu Hause Fisch zubereitet. Es gab Goldbrasse aus dem Ofen. Offensichtlich passte ich zu wenig gut auf beim Essen. Plötzlich merkte ich, dass eine Gräte in meinem Hals steckte. Ich versuchte es mit Brot, ass ein paar Scheiben. Nichts tat sich. Ich holte den Kosmetikspiegel und sah, dass eine grosse Gräte wie eine Harpune in meinem Halszäpfchen steckte.

Selim fuhr mich in ein nahegelegenes Krankenhaus, wo wir die Notaufnahme aufsuchten. Nach einiger Wartezeit wurden wir in einen Raum im Untergeschoss geführt. Darin befand sich ein Untersuchungsstuhl. Selim stand mit Aylin auf dem Arm daneben und schaute zu, wie der Arzt mit einer langen Pinzette – mit einer normalen wäre er nie herangekommen – die Fischgräte aus meinem Hals zog. Damals konnte ich nicht ahnen, wie oft ich später auf einem solchen Behandlungsstuhl Platz nehmen würde. Dieses Erlebnis war nur ein kleiner Vorgeschmack auf das, was später folgen sollte.

12.

Tiefgreifender Entschluss

Ich habe einen Entschluss gefasst: Diesmal versuche ich es mit einer alternativen Therapie. Ich denke an das Büchlein mit der Krebskur. Sie soll anderen geholfen haben. Warum also soll sie mir nicht auch helfen?

Der junge Assistenzarzt organisiert für mich einen Termin zur Feinnadelpunktion der Halslymphknoten. Ich gehe hin und lasse die Punktion machen. Auf dieser Abteilung war ich schon einmal, kurz bevor die Fünf-Jahres-Frist nach der ersten Tumorentfernung um war. Damals sah alles gut aus.

Auch diesmal sieht es noch gut aus. Die Lymphknoten sind noch nicht befallen. Wenigstens *eine* gute Nachricht, die mir der Assistenzarzt beim nächsten Termin ein paar Tage später übergibt. Was er danach zu mir sagt, erschreckt mich trotzdem.

Er erklärt mir den Ablauf der geplanten Operation. Ein Teil der Zunge muss rekonstruiert werden, weil nach der Operation sonst zu wenig von meiner Zunge übrigbleibt. Ich brauche sie aber, sowohl um essen als auch reden zu können.

So soll ein Teil der Zunge rekonstruiert werden: Vom Unterarm wird ein Gewebestück mit Blutgefässen entnommen. Das ergibt den Lappen, der in einer aufwändigen Operation neben dem verbleibenden Zungenteil eingenäht wird. An der offenen Stelle am Unterarm wird ein Gewebelappen eingenäht, der von der Leistengegend entnommen wird. Der Assistenzarzt erzählt mir das, ohne mit der Wimper zu zucken, wie wenn diese Operation ein Routineeingriff wäre.

„Im Anschluss an diese Operation gehen die meisten Patienten für zwei Wochen in eine Reha-Klinik. Eventuell müssen Sie danach noch zur Bestrahlung."

Bestrahlung? Im Mund? Als ich höre, was die Ärzte mit mir vorhaben, erschrecke ich gewaltig. Jetzt will ich erst recht zuerst die alternative Methode anwenden. Sollte es nicht klappen, könnte ich mich immer noch operieren lassen.

***

Schnell habe ich eine Homöopathin gefunden, bei der ich einen Termin erhalte. Sie hat ihren Behandlungsraum über einer Apotheke in der Innenstadt. Ich kann gut von der Arbeit hingehen, brauche nicht viel Zeit dafür. Die Frau ist jung und sympathisch. Ich fülle einen Fragebogen aus. Danach führen wir ein Gespräch. Sie will anschliessend den Fragebogen auswerten und mir ein passendes Mittel zuschicken.

Ich erzähle ihr von meiner Krankheit und sage auch, was ich vorhabe. Sie sagt nichts dazu. Sie hält mich weder davon ab, noch rät sie mir dazu. Ich bin alleine mit meinem Entschluss. Trotzdem will ich es versuchen mit der Krebskur. Am nächsten Tag haben wir in der Firma eine Weihnachtsfeier. Wir sind fünfzehn Personen, Rechtsanwälte und Assistentinnen. Zuerst hält einer der Partner eine Rede. Danach stossen wir an. Die meisten trinken Champagner. Nur eine Kollegin trinkt gar keinen Alkohol.

Bernadette trinkt Alkohol. Sie kommt mit ihrem Champagnerglas auf mich zu. „Darfst du Alkohol trinken?", fragt sie mich.

„Ich bin noch nicht in Behandlung."

„Bald wirst du Chemotherapie haben. Dann darfst du aber keinen Alkohol mehr trinken."

„Von Chemotherapie ist noch nicht die Rede. Das letzte Mal hat eine Operation genügt."

„Aber vielleicht brauchst du ja diesmal Chemotherapie."

Wünscht mir meine Kollegin eine Chemotherapie?

Als der Partner, dem ich als Assistentin zugeteilt bin, kommt, um mit mir anzustossen, sage ich zu ihm:

„Ich muss mir dumme Bemerkungen anhören, ob ich noch Champagner trinken dürfe."

„Geniess du den Champagner jetzt nur. Wer weiss, wann du davon wieder trinken darfst", meint er.

***

Den nächsten Termin in der HNO-Klinik habe ich am 23. Dezember in der Abendsprechstunde.

Am Nachmittag des 23. Dezember verpasse ich einen Anruf des Assistenzarztes auf meinem Mobiltelefon. Ich bin bei der Arbeit und habe deswegen auf lautlos gestellt.

Als ich am frühen Abend da bin, sagt mir der Assistenzarzt, er habe versucht mich telefonisch zu erreichen. Dr. Sommer hätte mich nämlich gerne gesehen. Er sei an diesem Abend jedoch abwesend. Deswegen wollte mich der Assistenzarzt fragen, ob ich stattdessen am nächsten Vormittag – am 24. Dezember – in die Sprechstunde kommen könne.

„Tut mir leid, dass ich Ihren Anruf verpasst habe."

„Macht nichts. Sie können ja trotzdem morgen in die Sprechstunde kommen."

Das habe ich nicht vor. Das Letzte, was ich jetzt will, ist Dr. Sommer sehen. Ich habe einen Entschluss gefasst. Wenn *jemand* mich von diesem Entschluss abbringen kann, ist er es. Wenn er wüsste, was ich vorhabe, würde er mich vermutlich zur Schnecke machen.

Am nächsten Tag, es ist der 24. Dezember – also Heiligabend –, habe ich frei. Statt in die HNO-Klinik gehe ich in ein kleines Einkaufszentrum unweit von zu Hause. Ich will mir Hosen in einer kleineren Grösse kaufen, als ich sie normalerweise trage, für den Fall, dass ich mit der Saftkur noch mehr abnehme.

Ich stehe in der Umkleidekabine, als mein Mobiltelefon klingelt. Es ist der Assistenzarzt der HNO-Klinik, der mir sagt, dass ich nach Weihnachten den Operationstermin erhalten werde. Ich überlege mir kurz, ob ich ihm erzählen solle, ich könnte mich auch gleich umbringen anstelle dieser Operation. Ich lasse es bleiben und tue so, als wäre für mich alles in Ordnung. Das soll mir später leidtun.

Drei paar Hosen kaufe ich. Ich habe bereits zwei Kilo abgenommen, weil ich nicht mehr alles essen kann. Ich vertraue jedoch darauf, dass ich nur mit der Kur beginnen muss und der Tumor dahinschmilzt, wie es jetzt die Kilos tun. Irgendwo im Büchlein steht geschrieben:

„Wenn man die Kur richtig macht, nimmt man nur wenig ab."

Es ist Heiligabend. Ich bin allein mit meiner 19-jährigen Tochter Aylin. Als Festmahl bereite ich gefüllte Hühnchen im Ofen vor. Wir essen zusammen und stossen mit einem Glas Champagner an. Meine Tochter weiss noch nichts von meiner Erkrankung. Das möchte ich solange wie möglich für mich behalten.

Aylin erzählt mir von der Serie, die sie zurzeit auf ihrem Laptop schaut. Sie heisse „Grey's Anatomy". Es kämen sehr attraktive Ärzte darin vor. Besonders einer schien es ihr angetan zu haben. Er habe dunkles ungewöhnlich dichtes Haar. Ich denke an Dr. Sommer. Aylin erzählt weiter, sie habe eben die Folge gesehen, in der es um Zungenkrebs gehe.

„Das war krass. Viel schlimmer, als es bei dir war. Dem Patienten musste die Zunge rekonstruiert werden. Danach liessen die Ärzte ihn sogar für ein paar Tage im künstlichen Koma."

Wenn sie wüsste, dass ich mich in Kürze genau dieser Operation unterziehen lassen sollte. Nein, mein Tumor verschwindet während der Saftkur. Ich brauche Aylin jetzt nichts zu sagen.

***

Auch meine Geschwister wissen nichts. Am Weihnachtsabend sind Aylin und ich bei meiner Schwester Lilly und ihrer grossen Patchwork-Familie eingeladen. Wir sitzen zum Essen an einem langen Tisch. Es gibt Filet im Teig. Ich esse nicht viel, was nicht auffällt. Da ich nicht traurig oder bedrückt wirke, vermutet niemand, dass etwas nicht stimmt. Es wäre ein schlechter Zeitpunkt, jetzt etwas zu sagen. Ich könnte meiner Tochter, meiner Schwester und deren Partner das Weihnachtsfest verderben. Idealerweise muss ich niemandem sagen, dass ich wieder erkrankt bin. Die Krebskur wirkt und der Tumor verschwindet, wie er gekommen ist. Diese Kur scheint für mich der Rettungsanker zu sein in meiner Situation. Deshalb wirke ich ganz ruhig, überhaupt nicht niedergeschlagen.

***

Zwischen Weihnachten und Neujahr ruft mich eine Assistentin aus dem Universitätsspital an, um mir den Operationstermin bekanntzugeben. Die Operation ist auf Anfang Januar festgesetzt.

„Ich komme nicht zur Operation. Ich melde mich dann später wieder bei Herrn Dr. Sommer."

„Wie Sie meinen. Ich richte es Herrn Dr. Sommer aus", antwortet die Assistentin.

Zu diesem Zeitpunkt bin ich überzeugt, dass ich nach zwei Monaten geheilt sein werde. Dr. Sommer wird staunen, wenn vom Tumor nichts mehr übrig ist! Ich habe alle Vorbereitungen für die Kur getroffen. Jetzt nur keine Zeit mehr verlieren, sondern gleich damit beginnen.

Am ersten Tag geht es mir erstaunlich gut mit den Säften, die ich selber aus biologischem Gemüse presse, und den verschiedenen Tees. Ich mache sogar einen längeren Waldspaziergang, wie es empfohlen wird.

Aber als ich am nächsten Morgen aufstehen will, wird mir schwarz vor Augen. Die mit Tee gefüllte Tasse fällt mit mir zu Boden. Die Tasse zerbricht. Ich komme wieder zu mir. Ausser der Tasse ist nichts gebrochen. Glück gehabt!

Es geht schon. Ich muss mich nur daran gewöhnen, keine festen Speisen zu mir zu nehmen. Leider schmecken mir die Gemüsesäfte nicht so gut, wie ich mir das vorgestellt habe. Aber heisst es nicht in der Anleitung: Je weniger Säfte man braucht, desto besser? Nachmittags gibt es jeweils noch eine Zwiebelbrühe. Darauf freue ich mich bereits frühmorgens, während ich Gemüse presse.

An Sylvester will Aylin mit mir zu Abend essen, bevor sie an eine Party geht. Es gibt Fleischfondue. Ich öffne die Flasche Champagner, die ich bei der Arbeit bekommen habe. Aylin will wissen, warum ich weder esse noch Champagner trinke. Jetzt ist der Zeitpunkt gekommen, ihr reinen Wein einzuschenken. Ich erkläre, dass ich wieder ein gesundheitliches Problem habe an der Zunge und jetzt die Krebskur mit Säften und Tees mache.

„Das meinst du jetzt aber nicht ernst?" Aylin schaut mich fassungslos an.

„Du musst dir keine Sorgen machen. Ich weiss ganz genau, was ich tue", will ich sie beruhigen.

„Du weisst also, was du tust? Du glaubst das wirklich?" Sie seufzt.

Danach geht Aylin zur Party. Ich bereue schon ein wenig, dass ich vom guten Essen nichts zu mir nehmen und auch keinen Champagner trinken kann. Ich darf jedoch keine Ausnahmen machen, muss sechs Wochen durchhalten. Die Kur würde sonst nicht erfolgreich sein.

Meinem Chef habe ich gesagt, dass ich ungefähr sieben Wochen brauche, um gesund zu werden. Zufälligerweise ist seine Schwester just auf diesen Zeitpunkt pensioniert worden. Sie hätte gerne weitergearbeitet und hat ihren Bruder gefragt, ob er sie in seinem Betrieb beschäftigen könne.

So stellt er sie für die Dauer meiner Abwesenheit ein. Zwischen Weihnachten und Neujahr kommt sie für einen Tag ins Büro und ich führe sie in die Arbeit ein. Ich habe eine Thermoskanne mit Tee dabei.

Nun muss ich nur noch krankgeschrieben werden. Neben dieser Kur kann ich unmöglich arbeiten.

Meine Hausärztin will mich nicht krankschreiben, weil ich den Operationstermin abgesagt habe. Ich weihe sie in meine Pläne ein. Sie versucht vehement mich umzustimmen.

„Alternative Massnahmen hätten Sie allenfalls gleich nach der letzten Operation ergreifen können. Jetzt, wo der Tumor da ist, hilft Ihnen nur die Operation."

„Es war wahrscheinlich ein Fehler, dass ich mich beim letzten Mal habe operieren lassen."

„Haben Sie deswegen die Hausarztpraxis gewechselt?"

Warum kommt die Frau jetzt auf diese Idee. Den Knoten auf der Zunge hatte ich vor sieben Jahren. Die Hausarztpraxis habe ich vor einem Jahr erst gewechselt. Ich machte das einerseits, weil ich einen Hausarzt wollte, der an meinem Wohnort praktiziert. Andererseits war ich mit meinem inzwischen verstorbenen Mann in den Monaten vor seinem Tod so oft in meiner ehemaligen Hausarztpraxis gewesen. Der Wechsel war wie ein Schlussstrich.

Schliesslich zieht meine Hausärztin ihren Vorgesetzten bei. Wir diskutieren; die beiden glauben natürlich nicht an die versprochene Wirkung der Krebskur. Sie wollen, dass ich mich an die Therapiepläne der HNO-Klinik halte, aber ich gebe nicht klein bei.

Da mich die beiden nicht umstimmen können, schreiben sie mich für eine Woche krank. Wie ich später vermute, nehmen sie, als ich gegangen bin, Kontakt mit Dr. Sommer auf. Er soll mich umstimmen.

Ein paar Tage später bekomme ich Briefpost von der HNO-Abteilung des Universitätsspitals – einen Termin in der Sprechstunde. Sofort greife ich zum Telefon und sage den Termin ab. Die Dame am anderen Ende der Leitung ist gar nicht begeistert.

„Dr. Sommer hat gesagt, es sei wichtig, dass Sie kommen. Aber gut, ich sage es ihm."

Er will mich umstimmen. Ich bin jedoch fest entschlossen, die begonnene Kur durchzuhalten. Danach wird nichts vom Tumor übrigbleiben. Davon bin ich nach wie vor überzeugt.

Meinem Hausarzt schreibe ich einen Brief, schildere, wie lange ich mich mit dem Problem an der Zunge bereits herumschlage. Dass ich vor mehr als zehn Jahren in der HNO-Klinik vorstellig wurde, mich mehrmals operieren liess. Ich habe alles getan oder mit mir geschehen lassen. Trotzdem wird es mit jedem Mal schlimmer. Ich glaube nun, dass die vorangegangenen Operationen der Grund sind für meinen jetzigen Zustand. Was sonst? Ich habe nie geraucht und trinke selten Alkohol.

Ich fühle abwechselnd Angst, Trauer, Hoffnung und Wut.

In der Folgewoche gehe ich wieder in die Hausarztpraxis, um für eine weitere Woche krankgeschrieben zu werden. Diesmal empfängt mich nicht mehr die angestellte Ärztin, der ich zugeteilt bin, sondern ihr Chef, der Inhaber der Praxis.

Wieder feilsche ich mit ihm. Ich habe im Internet zur Saftkur recherchiert und tatsächlich einen Bericht gefunden, mit welchem ich meinen Hausarzt umstimmen will. In irgendeiner deutschen Klinik soll demnach ein Versuch mit dieser Krebskur stattgefunden haben. Auf die meisten Patienten, die freiwillig mitgemacht haben, soll sie positiv gewirkt haben. Ein Arzt der Klinik schreibt sogar, man sollte dieser Kur eine Chance geben.

Ich überreiche meinem Hausarzt den Ausdruck, damit er den Bericht lesen kann, und erwarte, dass er sich jetzt umstimmen lässt. Weit gefehlt – er findet, es sei nicht vertretbar, dass so etwas veröffentlicht werde. Er mache mir keinen Vorwurf, sondern denen, die behaupten, mit dieser Kur könne Krebs geheilt werden.

„Krebs ist nicht *eine* Krankheit. Es gibt die verschiedensten Arten von Krebs, die sich voneinander unterscheiden und unterschiedlich therapiert werden müssen", versucht er mir zu erklären.

„Meine Mutter ist an Krebs verstorben. Sie tat alles, wozu die Ärzte ihr rieten: Operation, Bestrahlung, Chemotherapie. Sie hat sehr gelitten. Es war schrecklich. *Ich* mache sicher nicht einfach schön alles, was die Ärzte wollen. Chemotherapie und Bestrahlung kommen gar nicht infrage, niemals!"

„Vielleicht hat Ihre Mutter das ja so gewollt. Vielleicht haben ihr die Therapien Hoffnung gegeben und sie hat das nicht als so schrecklich empfunden, wie sie das gesehen haben", antwortet mir der Hausarzt und fügt an:

„Dr. Sommer hat mir gesagt, es komme zwar nicht auf ein paar Wochen an. Aber ein paar Monate zu warten, wäre verheerend. Zudem kann er sich nicht einfach für eine Operation entscheiden. Er muss Ihren Fall erneut dem interdisziplinären Tumorboard unterbreiten. Dann wird gemeinsam entschieden, wie vorzugehen ist. Es geht wertvolle Zeit verloren."

Da ich noch immer stur bleibe, schreibt er mich für eine weitere Woche krank.

***

Am Donnerstagnachmittag klingelt das Telefon, als ich gerade mit meiner Tochter in der Küche stehe. Die Kur mache ich jetzt schon gut zwei Wochen – und warte auf die Wirkung. Wenn ich ganz ehrlich bin, ist der Tumor statt geschrumpft eher grösser geworden. Ich habe bereits etwas Mühe mit dem Sprechen.

Ich nehme den Hörer und melde mich. Am anderen Ende antwortet eine Männerstimme. Es ist Dr. Sommer. Ich bin sprachlos. Dass er persönlich anrufen würde, hätte ich nicht erwartet. Er kommt gleich zur Sache:

„Ich reisse mich nicht um Operationen. Ich habe genug zu tun. Sie sind noch jung. Es ist schade, wenn Sie auf die notwendige Therapie verzichten. Wissen Sie, ich habe immer wieder

Patienten, die alternative Methoden ausprobieren wollen. Am Schluss kommen sie doch zu uns. Eines schliesst doch das andere nicht aus!"

Anscheinend weiss er nicht, welche Methode ich gewählt habe. Sonst würde er bestimmt nicht sagen: „Eines schliesst doch das andere nicht aus."

Trotzdem bin ich überrascht, dass er anscheinend nicht vollkommen gegen alternative – nein, halt, komplementärmedizinische (!) Massnahmen – ist.

„Sie meinen", sage ich kleinlaut, „ich soll mich operieren lassen?"

„Mit der Operation haben Sie eine Heilungschance von 80%. Ich gehe jetzt in den Urlaub. Meine Sekretärin gibt Ihnen einen Termin in meiner Privatsprechstunde für nach meiner Rückkehr."

Nachdem ich mich verabschiedet und aufgelegt habe, fragt Aylin: „Wer war das?"

„Das war der Chirurg der HNO-Klinik. Er hat mir zur Operation geraten."

„Glaubst du jetzt immer noch an deine Saftkur?", will sie wissen.

„Langsam kommen mir tatsächlich Zweifel. Ich glaube, ich sollte auf ihn hören und mich operieren lassen."

Warum hat er mich angerufen? Sicher hat er genug anderes zu tun. Es könnte ihm gleichgültig sein, was ich tue, auch wenn es zu meinem Nachteil sein sollte. Liegt ihm wirklich etwas daran, dass ich gesund werde? Womit habe ich es verdient, dass er sich um mich bemüht?

Das habe ich wirklich nicht erwartet. Kann mir am Ende doch nur die Schulmedizin helfen? Ich merke, wie wichtig es für mich ist, einen Verbündeten im Kampf gegen die Krankheit zu haben. Lasse ich es zu, dass Dr. Sommer dieser Verbündete wird?

13.

Einsicht

Ich warte noch bis zum Wochenende, breche dann die Saftkur ab und beginne langsam, wieder zu essen. Der Tumor wächst von Tag zu Tag. Ich studiere noch einmal das Büchlein mit der Saftkur und entdecke dabei eine Stelle, die mir nie zuvor aufgefallen ist. Da steht, die Saftkur helfe nicht allen Patienten. Bei einigen gehe es nicht ohne Operation. Es wird ein Mann zitiert, der sagt, ihm habe die Saftkur zwar geholfen, einem Bekannten jedoch habe sie nichts genutzt.

Blöd gelaufen: Nach sechs Wochen Saft- und Teefasten ist keiner fit für eine Operation! (Meine Anmerkung.)

Ich lese die Textstelle noch einmal. Warum habe ich sie vorher nie gesehen? Jetzt sitze ich in der Klemme. Der Tumor wächst in rasantem Tempo. Der Platz im Mund ist begrenzt.

Ich rufe den Hausarzt an und gebe mein Einverständnis für eine Computertomographie.

Als ich den Termin habe für das bildgebende Verfahren, ein PET/CT, kann ich bereits kaum mehr sprechen. Als mich im Hauptbahnhof jemand etwas fragt, tue ich, als ob ich nicht verstehe, und gehe weiter.

Ich muss den Bus zu einer Aussenabteilung der Radiologie des Universitätsspitals nehmen. Diese Abteilung ist im selben Gebäude untergebracht wie die kleine IT-Firma, die für meinen Arbeitgeber tätig ist. Als ich zum Eingang gehe, hoffe ich, keinem bekannten Gesicht zu begegnen. In diesem Zustand soll mich möglichst niemand sehen.

Ich gelange an mein Ziel, ohne dass mich jemand sieht, der mich kennt. Nachdem ich mich beim Empfang angemeldet habe, wird mir eine Art Bademantel gereicht. Ich soll mich in der Umkleidekabine bis zur Unterhose ausziehen und in diese Untersuchungskleidung schlüpfen.

Als ich soweit bin, wird mir eine radioaktiv markierte Zuckerlösung in die Armvene gespritzt. Danach muss ich in einem abgedunkelten Raum für ungefähr eine Stunde ruhen, damit sich die Zuckerlösung im Körper verteilen kann. Der Ruheraum ist mit Vorhängen in längliche Abteile unterteilt, in welchen jeweils eine Liege steht.

Nach ungefähr einer Stunde werde ich abgeholt und in den Behandlungsraum gebracht – ein grosser, steril wirkender Raum mit einem PET/CT-Gerät. Das Personal fragt mich, ob ich unter Platzangst leide. Tue ich nicht. Ich bekomme Kopfhörer mit Musik. Das Personal geht aus dem Raum und beobachtet mich hinter der Glasscheibe, während sich das Gerät langsam bewegt und Bilder macht. Im zweiten Teil der Behandlung erhalte ich Anweisungen über die Kopfhörer.

Als der Untersuch vorbei ist, erhalte ich ein Pflaster auf die Injektionsstelle. Dabei sehe ich das Bild meines Tumors auf dem Bildschirm. Er sieht erschreckend gross aus. Ein Pflegefachmann schaut mich mitleidig an.

***

Als Dr. Sommer aus seinem Urlaub zurück ist, bekomme ich einen Termin in seiner Privatsprechstunde. Der Tumor ist inzwischen so gross, dass ich kaum den Mund öffnen und schliessen kann.

Dr. Sommer schaut mich ernst an. Ich habe viel an Gewicht verloren und er hat inzwischen sicher das Ergebnis der Computertomographie gesehen. Als ich auf dem Behandlungsstuhl Platz genommen habe, schaut er in meinen Mund.

„So kann ich Sie nicht operieren. Der Tumor hat sich zu sehr ausgebreitet. Obwohl – er ist gewachsen wie ein Pilz, wie auf einem Stiel in die Höhe. Vielleicht geht es doch. Zusammen mit den Kollegen vom interdisziplinären Tumorboard werde ich entscheiden, ob eine Operation möglich ist. Jetzt schicke ich Sie erst einmal zur Ernährungsberatung. Sie bekommen ein Rezept für Trinknahrung, damit Sie mit allen wichtigen Nährstoffen versorgt werden und nicht noch mehr abnehmen."

Er ruft gleich dort an: „Ich schicke Ihnen eine Patientin. Sie braucht dringend eine Nahrungsergänzung. Sie war schon immer schlank. Jetzt ist sie mager. Kann sie gleich vorbeikommen?"

Ich soll mich in den Eingangsbereich begeben. Dort holt mich die Ernährungsberaterin ab und bringt mich zu ihrem Büro. Sie zeigt mir Drinks von verschiedenen Firmen und in verschiedenen Geschmäckern. Eine Anzahl der Fläschchen bekomme ich gleich mit nach Hause. In ein paar Tagen soll ich das unterschriebene Rezept bekommen, mittels welchem ich die Drinks direkt bei einer Firma bestellen kann.

Diese Nahrungsergänzungsmittel sind kalorienreich und enthalten alle Nährstoffe, die es für eine gesunde Ernährung braucht. Anfänglich kann ich daneben noch essen, was aber mit jedem Tag schwieriger wird. Denn der Tumor wächst weiterhin rasant.

Jetzt heisst es warten, bis mein Fall im Tumorboard besprochen und eine Therapie festgelegt wird. Die Tage vergehen. Ich hoffe, der Bescheid kommt schriftlich. Telefonieren ist nicht mehr möglich. Trinken kann ich noch, Essen geht nicht mehr.

Nach etwa zehn Tagen schreibe ich Herrn Dr. Sommer eine E-Mail mit der Frage, was im Tumorboard beschlossen worden ist. Sein Antwort-Mail ist am selben Abend in meinem Posteingang. Es sei entschieden worden, eine Induktionschemotherapie durchzuführen. Der Tumor soll dadurch schrumpfen. Anschliessend werde operiert.

Falls ich in einer Woche von der Onkologie noch keinen Termin erhalten haben sollte, solle ich ihm wieder eine E-Mail senden.

Ein paar Tage später erhalte ich von der Onkologie einen Termin für die Folgewoche. Ich bin einer jungen Ärztin zugeteilt worden. Sie führt mit mir ein Gespräch. Danach muss ich auf die Waage stehen. Ich wiege noch 43 kg – vor der Erkrankung wog ich 55. Es wird mir Blut abgenommen.

Schliesslich bekomme ich einen Termin für die erste Chemotherapie-Sitzung.

Ein paar Tage später – am 26. Februar – erhalte ich die erste Infusion. Ich vertrage die Chemotherapie gut. Es braucht aber Geduld. Ich kann nicht erwarten, dass der Tumor nach einer einzigen Behandlung schrumpft.

Die Ärztin rät mir: „Besorgen Sie sich so bald wie möglich eine Perücke. Mit Ihrer Chemotherapie werden Sie die Haare schnell verlieren." Ich bekomme eine Liste mit Adressen, wo ich eine Perücke kaufen kann.

In meinem Zustand unter Menschen gehen? Wie verständige ich mich beim Perückenkauf? Zudem habe ich ununterbrochen ein Taschentuch vor dem Mund, um den Speichel abzufangen.

Während den Chemotherapie-Sitzungen bekomme ich ein Absauggerät. Zuerst ein kleines, das nicht so viel Lärm macht, aber bei meinem Speichelfluss nicht ausreicht, weil es sich zwischendurch abschaltet. Da bekomme ich ein grösseres Gerät. Davon fühlen sich die Patienten gestört, die im selben Zimmer behandelt werden. Deswegen bekomme ich fortan ein Einzelzimmer zugeteilt, wenn eines frei ist.

Die Einzelzimmer sind eigentlich für privat versicherte Patienten reserviert. Die allgemein versicherten teilen sich für die Therapie ein Zimmer mit mehreren Mitpatienten. Später, als sich der Tumor etwas zurückgebildet hat und ich kein Absauggerät mehr benötige, werde ich wieder in einem Mehrbettzimmer behandelt. Das gefällt mir, weil ich gerne andere Menschen beobachte.

***

Währenddessen breitet sich der Tumor weiter aus. Jetzt wird es sogar schwierig zu trinken. Es geht nur noch mit einem Strohhalm, den ich am Tumor vorbeischiebe.

Zudem drückt der Tumor auf die Speicheldrüsen, die wie verrückt Speichel produzieren, den ich nicht schlucken kann. Ich brauche Unmengen von Taschen- und Kosmetiktüchern, mit denen ich den Speichel auffange.

Ich vermeide es, anderen Menschen zu begegnen. Auch keine Nachbarn sollen mich sehen. Deshalb wasche ich die Wäsche nachts, wenn die anderen Hausbewohner schlafen. Es ist kein Problem, da unsere Wohnung über der Waschküche liegt. Wenn jemand die Geräusche der Maschine hört, dann ich.

Einkaufen gehe ich zuerst noch frühmorgens am nahen Flughafen, wo die Geschäfte bereits geöffnet sind. Als ich später ständig meinen Speichel auffangen muss, kann ich nicht mehr aus dem Haus, ausser notgedrungen zu den Behandlungen ins Universitätsspital. Die Einkäufe bestelle ich fortan übers Internet und schicke Aylin an die Tür, wenn geliefert wird.

Meinen Geschwistern habe ich, nachdem ich die alternative Krebskur abbrach, eine E-Mail geschrieben, es habe sich leider wieder ein Tumor gebildet auf meiner Zunge. Sie haben keine Ahnung, wie schlecht es mir wirklich geht.

Meine Tochter ist mit der Situation überfordert. Sie befindet sich im Abschlussjahr des Gymnasiums, bereitet sich auf die Matura vor. Eines Tages drängt sie mich, in die Notaufnahme zu gehen. Ich versuche ihr zu erklären – schriftlich –, dass ich da jetzt einfach durchgehen muss. Schliesslich habe ich den Operationstermin abgesagt. Allerdings hatte ich nie im Leben damit gerechnet, dass der Tumor so schnell wachsen würde. So etwas hätte ich nie für möglich gehalten.

An einem Samstag gehe ich in die Notaufnahme der HNO-Klinik. Ich lasse mir bestätigen, dass ich nicht in Lebensgefahr bin. Wenigstens kann ich ja noch atmen.

Wieder zu Hause versuche ich meine Tochter mit dieser Nachricht zu beruhigen. Wieder vergehen ein paar Tage. Mein Puls rast ununterbrochen. Inzwischen kann ich auch kaum mehr trinken. Schlafen kann ich ebenfalls nicht mehr. Ich bin rund um die Uhr wach und aufgedreht. Wenn ich doch kurz eindöse, erwache ich sofort ruckartig. Der Speichel läuft ununterbrochen aus meinem Mund, nässt mein Pyjama und die Bettdecke.

Beim nächsten Termin in der Onkologie wiege ich noch 40 kg. Ich schreibe für die Ärztin auf, dass ich jetzt auch die nährstoffhaltige Nahrungsergänzung nicht mehr zu mir nehmen kann. Sie ruft einen erfahrenen Kollegen herbei. Der rät, mich in der Gastroenterologie für eine Magensonde anzumelden.

Nach der Chemotherapie gehe ich nach Hause – wie immer in der Hoffnung, niemandem, der mich kennt, zu begegnen. Es klappt. Weder Nachbarn noch sonstige Bekannte sehen mich in diesem kritischen Zustand.

14.

Notaufnahme – Eintritt stationär in die Klinik für Onkologie

Am Samstagnachmittag klingelt es an der Wohnungstüre. Aylin öffnet. Meine Schwester Lilly ist da. Meine Tochter hat sie kontaktiert und gebeten vorbeizukommen. Lilly erschrickt wahnsinnig, als sie mich sieht. Sie will mit mir in die Notaufnahme des Universitätsspitals gehen. Sie sagt, sie verstehe nicht, warum ich auf die Magensonde warten müsse.

„Wie kann man einen Patienten in diesem Zustand einfach nach Hause gehen lassen. Du könntest verdursten, bevor du eine Magensonde erhältst."

Ich schreibe für sie auf, dass ich einen Fehler gemacht habe, dass ich nämlich einen Operationstermin erhalten und diesen abgesagt hatte. Aber ich hatte nicht damit gerechnet, dass ich dem Tumor beim Wachsen zusehen kann.

***

Ratschlag an alle, die eine Krebsdiagnose erhalten: Glaubt nicht, dass der Krebs mit irgendwelchen Wunder- oder Nahrungsergänzungsmitteln wegtherapiert werden kann. Lasst euch von der Schulmedizin therapieren und unterstützt allenfalls die Therapie mit Massnahmen der Komplementärmedizin.

Leider tauchen im Netz immer wieder Nachrichten auf, in denen behauptet wird, es seien Krebskranke ganz ohne Chemotherapie, Bestrahlung oder Operation geheilt worden. Es werden immer wieder irgendwelche Mittel angepriesen, mit denen Krebs ganz ohne Nebenwirkungen geheilt werden könne. Solche Meldungen hören sich einfach zu gut an, um wahr zu sein.

Vielleicht hat es ja tatsächlich schon solche Spontanheilungen gegeben. Es heisst ja „der Glaube versetzt Berge". Aber darauf verlassen würde ich mich nicht.

***

Meine Schwester fährt mich zum Universitätsspital und begleitet mich zur Notfallstation. Immer wieder muss sie sich die Tränen abwischen. Wenn jemand sagt, ich wollte ja nicht behandelt werden, antwortet sie ganz bestimmt. Sie – selber eine gelernte Pflegefachfrau – sei der Ansicht, dass ich trotz allem berechtigt sei, medizinische Hilfe entgegenzunehmen. Jeder könne mal eine falsche Entscheidung treffen, vor allem in einer Ausnahmesituation.

„Wer in einem Pflegeberuf arbeitet, sollte Mitgefühl haben, sonst ist er oder sie fehl am Platz."

***

In der Notaufnahme muss ich ein Formular ausfüllen. Unter anderem muss ich die Frage beantworten, ob ich lebenserhaltende Massnahmen wie zum Beispiel künstliche Beatmung wünsche oder nicht. Meine Schwester sieht mich eindringlich, fast bittend an.

„Du bist einverstanden, wenn es notwendig sein sollte, nicht wahr? Du willst doch weiterleben?"

Ich nicke und mache ein Kreuz bei „Ja".

Wir bleiben ein paar Stunden auf der Notaufnahme, bis mich eine Pflegefachfrau abholt und auf eine Station der Klinik für Onkologie bringt. Ich erhalte eine Infusion, über die ich vorläufig auch ernährt werde. Meine Schwester bleibt noch ein paar Stunden bei mir, bevor sie sich auf den Heimweg macht.

Ich liege in einem Doppelzimmer, das ich mit einer älteren Frau teile, die eine Brustkrebsoperation hinter sich hat. Die Pflegefachfrau hat mir ein Absauggerät gebracht. Das Geräusch, welches das Gerät verursacht, stört meine Bettnachbarin. Am nächsten Tag werde ich deswegen in ein Einzelzimmer gebracht.

Meine Schwester kommt jeden Abend vorbei. Von ihr erfahre ich, dass ich auf der Station bleiben dürfe, bis die Sonde für die künstliche Ernährung gelegt sei.

Sie hat zudem versucht, Dr. Sommer zu erreichen, hat mit seiner Sekretärin gesprochen. Lilly ist der Meinung, es müsse operiert werden.

Seit ein paar Tagen liege ich stationär in der Klinik für Onkologie, als ich erfahre, dass Dr. Sommer zu Besuch kommt. Mit ihm kommt eine Oberärztin der Klinik für Medizinische Onkologie. HNO-Tumore gehören zu ihrem Spezialgebiet. Der Stationsarzt ist da sowie ein leitender Arzt der Klinik für Onkologie. Meine Schwester ist auch gekommen.

Dr. Sommer ist sichtlich erschüttert, als er mich sieht. Mit Blick auf das Absauggerät, das ununterbrochen arbeitet, fragt er: „Können Sie den Speichel wirklich nicht schlucken?"

„Nein, der Tumor hindert mich daran", schreibe ich auf den Block.

Sieht es so aus, als ob ich zum Spass am Absauggerät hänge?

Dr. Sommer an alle Anwesenden: „Ich kann so nicht operieren. Ich müsste zu viel Gewebe entfernen. Im jetzigen Zeitpunkt kann ich auch nicht sagen, die Patientin habe eine 80%ige Heilungschance."

Die anwesenden Ärzte sind sich einig, dass jetzt nur die Chemotherapie helfen kann. Der Tumor muss schrumpfen, bevor er operiert werden kann. Dr. Sommer und die Oberärztin erzählen von einem jungen Mann, der vor ein paar Jahren dieselbe Art von Tumor an der Zunge hatte wie ich.

„Dieser junge Mann hatte hinten am Hals eine Geschwulst. Der Tumor hat sich so schnell und so stark ausgebreitet wie bei Ihnen. Die Chemotherapie hat ihm geholfen. Er konnte anschliessend operiert werden und es geht ihm auch jetzt nach zwei Jahren noch gut", sagt Dr. Sommer und schaut mich an. „Die Chemotherapie wird auch Ihnen helfen. Sie müssen aber geduldig sein."

Und zu meiner Schwester: „Leider habe ich nicht die Zeit gefunden, Sie zurückzurufen."

„Das ist kein Problem. Beim Anblick meiner Schwester dachte ich, es müsse sofort etwas getan werden. Aber ich verstehe, dass Sie so nicht operieren können."

15.

Einlegen der Ernährungssonde

Der Termin bei der Gastroenterologie wird vorgezogen. Ein Arzt der erwähnten Abteilung kommt vorbei, um den Eingriff zu besprechen. Ich soll eine PEG-Sonde erhalten.

Die PEG-Sonde wird normalerweise durch den Mund eingeführt, wie die Sonde bei einer Magenspiegelung. Das geht bei mir nicht wegen des Tumors, der den Mundraum ausfüllt. Also muss der Eingriff durch die Nase erfolgen.

Ein paar Tage später ist es soweit. Ich werde mit dem Bett zum Behandlungsraum gebracht. Die Ärzte haben sich für eine Ballonsonde entschieden.

Während der letzten Wochen habe ich es vermieden, flach zu liegen. Da ich den Speichel nicht schlucken kann, befürchte ich, daran zu ersticken. Jetzt muss ich nicht nur flach liegen, sondern mit dem Kopf sogar tiefer als der Rest des Körpers.

Da ich weder Narkose noch Schlafmittel erhalte, bekomme ich alles mit. Es ist eine unangenehme Prozedur – und zum Teil schmerzhaft. An der äusseren Bauchwand wird ein sogenannter Button angebracht, innen befindet sich ein Ballon, der mit Wasser gefüllt wird. Am Button kann der Schlauch der Ernährungssonde jeweils angeschlossen und wieder entfernt werden.

Leider sagt mir anschliessend niemand, dass der Button spätestens nach sechs Monaten ausgetauscht werden muss. Nach sechs Monaten funktioniert die Sonde eines Tages einfach nicht mehr. Als ich am selben Tag einen Termin in der Abteilung für Onkologie habe, gehe ich anschliessend direkt zur Gastroenterologie.

Die Anmeldeschalter sind jedoch bereits geschlossen. So warte ich vor der verschlossenen Schiebetüre zur Abteilung, bis jemand hinauskommt. Schnell gehe ich rein. Im Korridor setze ich mich auf einen Stuhl. Ich habe Glück. Es kommt eine Ärztin vorbei, der ich mein Problem schildern kann. Sie nimmt mich mit in einen Untersuchungsraum und fragt, ob mir niemand gesagt habe, dass bei dieser Art von Ernährungssonde der Button nach spätestens sechs Monaten erneuert werden müsse.

Hätte ich jetzt zugewartet, wäre der Button herausgefallen und das Loch zum Magen hätte sich innerhalb von Stunden verschlossen. Das hätte bedeutet, dass die ganze Prozedur des Anlegens erneut hätte durchgeführt werden müssen.

Die Ärztin wechselt den Button aus und füllt den Ballon wieder mit Wasser. Es ist eine kurze Sache. Sie entlässt mich, nachdem sie mich daran erinnert hat, dass ich in spätestens sechs Monaten wiederkommen müsse, um den Button auszutauschen. Falls ich die Sonde dann nicht mehr brauche, sei es einfach, diese zu entfernen.

16.

Zurück nach Hause

Nach dem Einlegen der PEG-Sonde bleibe ich noch ein paar Tage auf der Station. Danach werde ich nach Hause entlassen.

In unserer Wohnung sieht es aus, wie wenn wir demnächst umziehen würden. Es stehen diverse grosse Kartonschachteln in Küche und Wohnzimmer. In den Schachteln befinden sich medizinisches Material, ein Medikamentenständer und ein Vorrat an künstlicher Ernährung.

Es ist Samstag. Regula, die Frisörin, bei der meine Schwester Kundin ist, kommt mit einer Anzahl Perücken vorbei. Lilly hat ihr ein Foto von mir geschickt. Regula hat einige Perücken ausgesucht, die mir stehen könnten. Ich soll sie anprobieren. In diesem Zustand mag ich mich jedoch nicht im Spiegel sehen. Zudem bin ich mit meinem Speichel beschäftigt, der unaufhörlich fliesst.

Regula und Lilly entscheiden sich zusammen für eine Perücke. Es ist eine glatte Kurzhaarfrisur, jedoch nicht zu kurz, farblich ein dunkles Blond, das ins Rötliche geht. Dass diese Perücke mir steht, hat mir später jeder bestätigt, der mich damit sah.

Später, als sie ihre letzte Kundin bedient hat, kommt auch Gisela, meine Frisörin, dazu. Sie wohnt und arbeitet ganz in der Nähe. Lilly hat sie angerufen und ihr gesagt, wie es um mich steht. Als ich das letzte Mal bei ihr war, konnte ich gerade noch sprechen. Einen weiteren Termin musste ich absagen.

Lilly hat sich überlegt, für mich einen Notfallknopf zu organisieren. Dazu müsste sie eine Kontaktperson angeben, die in der Nähe wohnt. Gisela erklärt sich dazu bereit. Sie erhält einen Schlüssel zu unserer Wohnung. Der Knopf muss jedoch erst noch bestellt werden.

Am Abend – der Besuch hat sich verabschiedet – will meine Tochter Aylin sich mit Freunden treffen. Ich schreibe auf einen Zettel: „Bitte lass mich nicht allein."

Sollte etwas passieren, könnte ich den Notfall nicht rufen. Ich wäre dem Schicksal ausgeliefert.

Aylin ist überfordert. Es ist schrecklich für sie, mich in diesem Zustand zu sehen. Sie verlässt mich und kommt spät in der Nacht zurück. Später wird sie mir sagen, dass sie deswegen noch lange das schlechte Gewissen plagte.

***

Die Chemotherapie scheint nicht zu wirken. Der Tumor ist nicht kleiner geworden. Im Gegenteil: Er hat sich nach unten gegen den Zungengrund ausgeweitet. Ich habe deswegen jetzt sogar ein Doppelkinn.

Den Speichel, der wie verrückt produziert wird, kann ich weiterhin nicht schlucken. Meine Schwester hat ein Absauggerät von der Lungenliga besorgt. Es ist ein kleines Gerät, das sich ständig ausschaltet. Ich sitze den ganzen Tag auf dem Sofa. Das Gerät macht viel Lärm, erfüllt seinen Zweck aber nicht.

Wenn ich mich abends ins Bett begebe, habe ich das Kopfteil hochgerichtet, damit ich sitzen kann. Tagsüber bin ich alleine, sitze auf dem Sofa mit rasendem Puls. Abends ist meine Tochter da.

Meine Schwester Lilly hat für mich die Spitex organisiert. Einmal täglich kommt eine Angestellte vorbei. Sie will mir beim Duschen und Zähneputzen helfen. Zähneputzen geht beim besten Willen nicht. Ich lehne die Hilfe ab, begnüge mich mit Katzenwäsche.

Als Lilly am Sonntag zu Besuch kommt, sieht sie, dass es so nicht geht. Sie bringt mich wieder in die Notfallabteilung des Universitätsspitals. Dieselbe Pflegefachfrau wie beim ersten Mal vor zwei Wochen holt mich ab und bringt mich zur Station der Klinik für Onkologie.

Vorläufig werde ich aufgenommen, kann aber nicht mehrere Wochen bleiben. Der Stationsarzt sagt, wir sollten uns nach einer betreuten Wohnform umsehen, da es zu Hause offenbar nicht gehe.

Während meinen zwei stationären Aufenthalten in der Klinik für Onkologie kommt ein paarmal ein Arzt und fragt mich, ob er mich einer Gruppe von Medizinstudenten vorstellen dürfe. Sie machen jeweils die Runde auf der Station.

Als Dank, dass ich da sein darf, will ich mich kooperativ zeigen und sage zu. Die Studenten wirken jeweils ein wenig geschockt, wollen aber trotzdem in meinen Mund schauen. Sie stellen Fragen. Wahrscheinlich hat noch keiner von ihnen so etwas gesehen oder geahnt, dass das möglich ist.

Ich bin während 24 Stunden auf das Absauggerät angewiesen. Ich kann weder essen und trinken noch sprechen. Mein einziger Luxus – und es ist wahrlich ein Luxus für mich! – ist kaltes Mineralwasser mit Kohlensäure. Mit diesem spüle ich immer wieder den Mund, der sich fiebrig heiss anfühlt.

Das Mineralwasser wird aus Hahnenwasser aufbereitet und in Flaschen abgefüllt, welche von Pflegern oder Hilfskräften gebracht werden. Eine solche Hilfskraft schaut mich jedes Mal mitleidig an, wenn sie mir Wasser bringt. Ich weiss jetzt, was es heisst, bemitleidet zu werden. Es ist kein gutes Gefühl.

Bevor ich aus der Klinik für Onkologie entlassen werde, bringt mich ein Pfleger im Rollstuhl zur HNO-Klinik. Zwei Assistenzärztinnen erwarten mich. Dr. Sommer hat sie beauftragt zu untersuchen, ob der Tumor meine Atmung behindere. Sie führen eine Sonde mit Kamera durch mein Nasenloch bis zum Hals. Der Zustand wird bildlich festgehalten.

Ergebnis des Untersuchs: Der Tumor behindert meine Atmung nicht.

17.

Entlassung aus der Klinik

So nebenbei habe ich mitbekommen, dass ein Platz für mich gesucht wird. Ich kann nicht in der Klinik für Onkologie bleiben, bis die Chemotherapie Erfolg zeigt.

Ich habe Glück, dass meine Schwester Lilly eine Altersresidenz leitet und mich vorübergehend aufnehmen kann. Es ist zwar bei ihr kein Zimmer frei geworden, aber sie kann mich in ihren Büroräumlichkeiten unterbringen. Das ist so: Ihr Büro befindet sich in einer kleinen Alterswohnung. Das Wohnzimmer, welches über eine Küchenecke verfügt, benützt sie als Sitzungszimmer. Das Zimmer ist hell und hat Zugang zu einem Gartensitzplatz.

Nachdem ihr Vorgesetzter seinen Segen dazu gegeben hat, funktioniert Lilly dieses Sitzungszimmer um in ein Krankenzimmer. Es gibt im Alterskomplex noch andere Räume, in denen Besprechungen stattfinden können. Ich bin Lilly und auch ihrem Vorgesetzen dankbar und werde es ewig sein, dass ich eine Zeitlang hier sein kann.

Ein Badezimmer gibt es natürlich ebenfalls in dieser Wohnung. Lilly organisiert ein Krankenbett, einen Medikamentenständer und ein Absauggerät für mich. Es ist ein grosses Gerät, das seine Dienste tut.

Zudem bekomme ich ein Armband mit Notfallknopf. Es ist beruhigend zu wissen, dass sofort jemand zur Stelle wäre, sollte ich einen Notfall haben. Lilly kommt und geht. Sie ist nicht immer nebenan in ihrem Büro. Sie hat oft auswärtige Termine.

Mehrmals täglich und auch nachts schaut jemand vom Pflegeteam bei mir herein. Anfangs brauche ich noch Pflege. Weil ich nichts auf den Knochen habe und immer im Bett liege, leide ich zudem noch an Dekubitus. Im Bett liege ich, weil ich auf das Absauggerät angewiesen bin und damit nicht herumgehen kann.

Ab jetzt erhalte ich zur gewohnten Chemotherapie noch ein zweites Mittel, das offenbar speziell bei der Art von Krebs eingesetzt wird, an der ich leide. Die Klinik musste zuerst auf die Kostengutsprache meiner Krankenkasse warten.

Für die Fahrten zur Chemotherapie im Universitätsspital hat meine Schwester für mich einen Fahrdienst organisiert. Freiwillige fahren Patienten gegen ein kleineres Entgelt in Spitäler oder zu Arztpraxen.

Als ich zum ersten Mal von einem Fahrer abgeholt werde, nehme ich ein kleines Absauggerät mit. Die Alternative wäre eine Ladung Papiertaschentücher, die ich mir ständig vor den Mund halten müsste. Bis zum Ziel hätte ich einen Plastiksack voll gebrauchter Papiertaschentücher.

Der Fahrer ist nicht allein gekommen. Seine Frau fährt auf dem Rücksitz mit. Der Fahrer ist geschockt, als er mich sieht, seine Frau – wie er mir später erzählt – ist so sehr erschrocken, dass sie nicht mehr mitfahren will, wenn er Patienten chauffiert.

18.

Es geht bergauf

Die Chemotherapie zeigt Wirkung. Als Nebenwirkung bekomme ich Pusteln im Gesicht. Die Kopfhaut juckt so sehr, dass ich meinen Kopf am Kissen reibe, was wunde Stellen verursacht. Das sei ein gutes Zeichen, sagt mir die junge Ärztin in der Onkologie. Zeigen sich Nebenwirkungen, sei es auch wahrscheinlicher, dass das Mittel gegen den Krebs wirkt.

Meine Haare fallen büschelweise aus. Vorerst trage ich ein Käppchen. Eines Tages kommt Gisela, meine Frisörin, in die Altersresidenz. Sie schneidet mir einen Kurzhaarschnitt.

Als ich schliesslich fast kahl bin, trage ich die Perücke für ausser Haus.

Ich brauche jetzt das Absauggerät nicht mehr ununterbrochen, kann es nachts abstellen und endlich wieder durchschlafen.

Mit der künstlichen Ernährung klappt es gut. Ich habe mich daran gewöhnt, frage mich manchmal, wie sie wohl schmeckt.

Der Tumor schrumpft jetzt so schnell, wie er gewachsen ist. Als mich der Fahrer, der mich beim ersten Mal von der Altersresidenz ins Universitätsspital gefahren hatte, nur zwei Wochen später wieder fährt, staunt er:

„Da ist ja eine merkliche Besserung eingetreten." Das Absauggerät habe ich nicht mehr dabei, brauche nur noch ab und zu Taschentücher.

„Ja, der Tumor geht so schnell zurück, wie er gekommen ist", antworte ich.

„Das letzte Mal war meine Frau dabei, erinnern Sie sich? Es hat sie ein wenig mitgenommen, Sie in einem so schlechten Zustand zu sehen. Schön für Sie, dass die Therapie anschlägt."

***

Bald ist es soweit, dass ich das Absauggerät gar nicht mehr brauche. Ich kann jetzt sogar kleinere Spaziergänge unternehmen.

Ich schreibe meiner Tochter, sie möge mir Laufschuhe bringen. Aylin ist erstaunt. Sie fragt meine Schwester: „Will sie mit dem Absauggerät herumspazieren?" Sie kann es kaum glauben, dass eine solche Besserung eingetreten ist.

Eines Tages, als meine Schwester Lilly wieder einmal bei mir ist und mir etwas erzählt, tönt es plötzlich aus meinem Mund: „Genau!"

Es ist ein einziges Wort, für uns zwei aber wie ein Wunder. Wochenlang war ich stumm.

„Hey, du kannst ja wieder reden! Seit wann denn das?"

Meine Schwester erzählt die frohe Kunde ihren Mitarbeitern, die sich ebenfalls freuen. Im Stillen übe ich das Sprechen, fühle mich anfänglich jedoch noch unsicher dabei.

19.

Endlich wieder Sprache statt Block und Stift

Vor den Chemotherapie-Behandlungen muss ich mich jeweils im Vorzimmer melden. Jetzt kann ich endlich wieder sprechen. Bisher habe ich immer Block und Stift bereithalten müssen.

Die junge Ärztin, die mich betreut, staunt: „Es grenzt an ein Wunder, wie schnell die Chemotherapie bei Ihnen wirkt."

Die Infusion erhalte ich wieder im Einzelzimmer. Dafür besteht jedoch kein Grund mehr. Die Pflegefachfrau, die mir die Infusion steckt, ist überrascht, weil ich das Absauggerät nicht mehr brauche und zudem plötzlich wieder sprechen kann.

Die zuständige Oberärztin schaut herein. Auch sie staunt über den Fortschritt.

„Die Chemotherapie hat gewirkt. Wahrscheinlich kann bald operiert werden. Ich rufe gleich Dr. Sommer an. Diese Neuigkeit wird ihn freuen."

Ein paar Tage später werde ich zu einer PET/CT-Untersuchung in die Klinik für Nuklearmedizin eingeladen. Der Einladung liegt eine Patienteninformation bei.

Vor dem Untersuch muss ich mindestens vier Stunden nüchtern sein. Ich erhalte eine radioaktiv markierte Zuckerlösung in die Armvene gespritzt. Danach muss ich in einem abgedunkelten Raum für ungefähr eine Stunde ruhen, damit sich die Zuckerlösung im Körper verteilen kann. Der Ruheraum ist mit Vorhängen in längliche Abteile unterteilt, in welchen jeweils eine Liege steht.

Nach ungefähr einer Stunde werde ich abgeholt und in den Behandlungsraum gebracht – ein grosser, steril wirkender Raum mit einem PET/CT-Gerät. Die Perücke muss ich abnehmen, bevor ich mich auf den Behandlungstisch lege. Würde ich Schmuck oder dritte Zähne tragen, müsste ich diese ebenfalls ablegen.

Das Personal fragt mich, ob ich unter Platzangst leide. Tue ich nicht. Ich bekomme Kopfhörer mit Musik. Das Personal geht aus dem Raum und beobachtet mich hinter der Glasscheibe, während sich das Gerät langsam bewegt und Bilder macht. Im zweiten Teil der Behandlung erhalte ich Anweisungen über die Kopfhörer.

Ich bin froh, als die Maschine sich nicht mehr bewegt und jemand in den Raum kommt, um mir zu sagen, dass die Untersuchung abgeschlossen ist.

Wieder draussen, bekomme ich ein Pflaster auf die Stelle, wo die Infusion steckte. Bei dieser Gelegenheit sehe ich die Aufnahmen auf dem Bildschirm. Ich kann mich noch an die Bilder der ersten PET/CT-Untersuchung erinnern. Die Tumorfläche sieht jetzt wesentlich kleiner aus als damals. Für mich ist das wie ein Wunder. Ich kann es kaum glauben.

20.

Rückkehr nach Hause

Weil es mir so viel besser geht, entscheide ich mich, die Altersresidenz zu verlassen und wieder nach Hause zu gehen. Ich brauche jetzt keinen Fahrdienst mehr zu den Therapien und Untersuchen. Von zu Hause aus bin ich schneller im Universitätsspital.

Eines Tages ist meine linke Hand geschwollen. Ich vermute, es ist eine Nebenwirkung der Chemotherapie. Ich rufe bei der Hotline an und schildere die Symptome. Ich soll meine Hand vor der nächsten Infusion der Ärztin zeigen. Eventuell muss die Behandlung unterbrochen werden. Dazu kommt es aber nicht mehr. Denn ich erhalte telefonisch den Operationstermin von der HNO-Klinik. Bereits in einer Woche soll ich mich für die Voruntersuchungen in der Klinik einfinden.

„Die Klinik für Onkologie hat mir weitere Termine für die Chemotherapie gegeben. Die Therapie hat so gut angeschlagen. Braucht es jetzt wirklich noch eine Operation?", frage ich.

Die Dame am Telefon verspricht zurückzurufen. Sie will Dr. Sommer fragen. Bereits ein paar Minuten später ruft sie wieder an:

„Herr Dr. Sommer ist gerade auf dem Weg zu einer Notoperation. Er sagt, es sei von Anfang an geplant gewesen zu operieren, sobald das möglich sei. Er erkläre Ihnen dann am Eintrittstag, warum es diese Operation unbedingt brauche."

Zum zweiten Mal mache ich nicht denselben Fehler. Wenn Dr. Sommer sagt, es brauche die Operation, wird es so sein. Ich rufe meine Ärztin in der Klinik für Onkologie an und sage die vereinbarten Termine für die Chemotherapie ab.

21.

Operation

Am 30. April gegen Mittag trete ich für die Voruntersuchungen in die Klinik ein. Ich werde in ein Dreierzimmer gebracht. Mein Bett ist vorne bei der Türe. Das hat den Vorteil, dass Waschbecken und Schrank nahe bei meinem Bett sind.

Ich teile das Zimmer mit einer jungen Patientin, die im Bett beim Fenster liegt. Sie telefoniert viel. Das mittlere Bett ist leer. Viele Patienten sind heute entlassen worden, da morgen Freitag, 1. Mai und somit ein Feiertag ist.

Nach dem Eintrittsgespräch mit einer Pflegefachfrau gibt es bereits Mittagessen. Kaum habe ich fertig gegessen, erscheint ein junger Mann im weissen Kittel, der sich als Assistenzarzt vorstellt. Er holt mich ab und bringt mich in einen Untersuchungsraum. Dort angekommen bittet er mich, auf dem Behandlungsstuhl Platz zu nehmen.

„Herr Dr. Sommer kommt auch gleich. Wir sind heute etwas unter Zeitdruck, denn normalerweise finden die Voruntersuchungen für die Folgewoche am Freitag statt. Da morgen Feiertag ist, müssen wir sie heute durchführen. Der Operationsplan ist leider nicht angepasst worden."

Ich stelle mich schon einmal darauf ein, dass Dr. Sommer nicht viel Zeit haben wird, mir zu erklären, warum es diese Operation unbedingt braucht.

Da höre ich, wie die Türe aufgeht. Da ich mit dem Rücken zur Türe sitze, drehe ich mich etwas. Ja, es ist Dr. Sommer im weissen Kittel und seinem dunklen vollen Haar. Er betritt den Raum mit energischen Schritten und wirkt wie immer sehr vital.

„Sie sehen gut aus", sagt er, nachdem wir uns begrüsst haben.

„Ich fühle mich auch gut."

Hat er gemerkt, dass ich eine Perücke trage? Sie scheint mir wirklich gut zu stehen. Anderseits: So wie ich aussah, als er mich zum letzten Mal sah – auf der Station in der Klinik für Onkologie mit Absauggerät und einem Tumor, der mein Gesicht entstellte –, braucht es nicht viel, um besser auszusehen.

„Es braucht diese Operation. Ohne Operation ist die Heilungschance 40%, mit Operation 80%."

Dann schaut er mir in den Mund, tastet ab.

„Sie wissen, dass wir einen Teil der Zunge rekonstruieren müssen. Dafür entnehmen wir der Innenseite Ihres Unterarms einen Gewebelappen mitsamt Gefässen. Sind Sie Rechts- oder Linkshänder?"

„Rechtshänder."

„In diesem Fall entnehmen wir den Lappen dem linken Arm."

Kann es nach der Gewebeentnahme zu Komplikationen kommen? Ist dieser Arm nachher weniger belastbar? Das werde ich dann ja sehen.

Er ergreift meinen Unterarm und tastet ihn ab. Ich nehme an, dass er die Blutgefässe und deren Funktionsfähigkeit prüft, weil ein Gewebelappen mit Blutgefässen verpflanzt werden soll. Ich denke daran, wie oft ich in der letzten Zeit Infusionen in die Armvenen erhalten habe, abwechselnd links und rechts. Hoffentlich hat das die Blutgefässe nicht beeinträchtigt.

„Sollen wir nach der Operation jemanden anrufen? Vielleicht Ihre Schwester?"

„Ja, gerne."

Er beugt sich über die Papiere: „Wie lautet die Telefonnummer?"

„Die weiss ich jetzt nicht auswendig. Wenn ich wieder im Zimmer bin, schaue ich nach."

„Sie können die Nummer meinem Assistenten geben. Er schreibt sie dann auf. Sie haben noch ein Gespräch mit dem Anästhesiearzt. Danach können Sie nach Hause gehen und müssen erst am Sonntagabend wieder hier sein. Übrigens sollten Sie sich darauf einstellen, ab Montag zwei volle Wochen stationär zu bleiben. Danach haben Sie noch die Möglichkeit, sich zwei Wochen in einer Rehaklinik zu erholen. Die Klinikleitung hat Ihnen sicher schon Adressen von Kliniken gegeben."

Zurück im Krankenzimmer warte ich auf den Anästhesiearzt. Zuerst kommt der Assistenzarzt. Ich gebe ihm Lillys Handynummer, damit man sie nach der Operation anrufen kann.

Ein wenig später kommt der Anästhesiearzt. Er fragt mich aus. Das Prozedere kenne ich, habe schon einige Operationen hinter mir.

Danach melde ich mich im Stationsbüro ab und fahre mit den öffentlichen Verkehrsmitteln nach Hause.

Freitag und Samstag verbringe ich mehrheitlich mit Hausarbeiten. Am Sonntagnachmittag besucht uns Lilly. Sie bleibt mehrere Stunden, bevor sie mich abends in die Klinik begleitet. Ich bekomme dort ein Abendessen. Das habe ich mir gewünscht, weil ich nicht weiss, wann ich nach der Operation wieder essen kann.

Ich bin ein wenig enttäuscht vom Essen. Die Omeletten, die ich nachmittags zu Hause machte, schmeckten mir besser. Ein paar davon sind übriggeblieben. Jetzt wünsche ich mir, ich hätte sie verspeist und auf das Klinikessen verzichtet.

Am Montagmorgen muss ich ein Klinikhemd und Stützstrümpfe anziehen. Dann kommt eine Pflegefachfrau und bringt mir eine Tablette. Danach schiebt man mich mitsamt Bett aus dem Zimmer, den Gang entlang in den Lift und wieder einen Gang entlang. Ich merke noch, wie ich vom Bett auf einen Operationstisch geschoben werde. Anschliessend bekomme ich nichts mehr mit.

22.

Erwachen aus dem künstlichen Koma

Ich erwache wie aus einem langen Schlaf, kann mich kaum bewegen. Der linke Unterarm ist bis zu den Fingerspitzen in weisse Bandagen eingebunden und geschient. Ich fühle einen Fremdkörper in der Nase und greife mit der freien Hand danach.

Da kommt jemand eiligen Schrittes ans Krankenbett geeilt. „Was machen Sie? Lassen Sie das sein! Sie dürfen den Schlauch nicht herausziehen“, höre ich eine erschrockene Männerstimme. Ein Mann im weissen Kittel beugt sich über mich und befestigt den Schlauch mit einem Klebeband an meiner Nase.

Langsam kommt die Erinnerung. Ich wurde operiert. Ein Teil meiner Zunge musste entfernt und in einer aufwendigen Operation rekonstruiert werden. Danach sollte ich ein bis zwei Tage im künstlichen Koma bleiben. Das Letzte, woran ich mich erinnern kann, ist, wie ich im Krankenbett zum Operationssaal geschoben wurde.

Die Männerstimme sagt: „Sie sind auf der Intensivstation. Heute ist Mittwoch. Am Montag wurden Sie operiert. Es sind Blumen abgegeben worden für Sie. Die mussten wir leider draussen lassen. Haben Sie mitbekommen, dass Dr. Sommer und zwei Assistenzärzte Sie besucht haben?“

Nein, davon weiss ich nichts. Ich kann auch nicht sprechen, da ich intubiert bin. Zudem würde ich mich gerne drehen, kann aber nicht. Und was sind das für Geräusche? Ich höre ein ständiges Klopfen. Bauen die hier um? Von meinem Bett aus sehe ich andere Betten. Steht mein Bett an einer erhöhten Stelle oder bilde ich mir das nur ein? Eine bewusstlose Person ist eben mit dem Bett in den Raum geschoben worden. Fasziniert schaue ich hin, versuche nicht zu starren.

Die Stunden vergehen wie in Zeitlupe. So kommt es mir jedenfalls vor. Irgendwann darf ich mich aufsetzen. Zwei Männer im weissen Kittel – vermutlich sind es Ärzte – kommen an mein Bett. „Wir nehmen jetzt den Intubationsschlauch heraus", sagt der eine, der mir bereits bekannt ist.

Er zieht am Schlauch. Es ist unangenehm, wie er den Schlauch durch meine Nase zieht. „Könnte er das nicht ein wenig sanfter machen?", frage ich mich.

Eine Nasenbrille wird mir aufgesetzt. „Sie führt Ihnen Sauerstoff zu", erklärt der Arzt. Nach Stunden, so scheint es mir, wird mir die Nasenbrille abgenommen. Eine Frau im weissen Kittel tritt an mein Bett. Sie stellt sich als Physiotherapeutin vor.

„Ich mache mit Ihnen Atemtherapie", klärt sie mich auf. Sie gibt mir einen kleinen, kegelförmigen Gegenstand. Da soll ich reinblasen. Sie zeigt mir Übungen.

Irgendwann – ich habe kein Zeitgefühl – werde ich in den Aufwachraum der HNO-Klinik verlegt. Der Raum ist auf einer Seite mit Vorhängen abgetrennt in Räume, in denen je ein Krankenbett Platz hat. Gegenüber befindet sich ein länglicher, mit Glasscheiben abgetrennter Raum. Hinter den Glasscheiben sitzen Pflegefachleute an Bildschirmen. So können sie die Patienten überwachen.

Ich bekomme ein winziges Sprühfläschchen mit Wasser. „Damit dürfen Sie sich den Mund befeuchten", erklärt mir eine Pflegefachfrau. Ich werde neidisch, als ich sehe, dass einige Patienten Essen bekommen. Ich wäre bereits mit einem Glas Mineralwasser zufrieden.

Nach endlos scheinenden Stunden sehe ich Dr. Sommer und zwei Assistenzärzte beim Pflegeteam hinter den Bildschirmen. Wahrscheinlich fragt er, wo er mich findet. Ich freue mich, ihn zu sehen. Die drei kommen an mein Krankenbett. Sie schauen sich meine Zunge an. Dr. Sommer scheint zufrieden zu sein. Bevor er die Station verlässt, gibt er dem Pflegeteam Anweisungen.

Kurz danach bekomme ich über die Magensonde den Inhalt einer kleinen Flasche mit künstlicher Ernährung. Ich finde es beinahe lustig, als der Arzt mich fragt, welchen Geschmack ich bevorzuge. Als ob der Geschmack wichtig wäre, habe ich doch einen PEG-Zugang direkt zum Magen. Die Ernährung erfolgt nicht über die Speiseröhre, sondern über einen Plastikschlauch durch die Bauchwand.

Am nächsten Tag – es ist inzwischen Donnerstag – werde ich auf die Station verlegt. Ich liege jetzt in einem Einzelzimmer. Das liegt wohl daran, dass es ein grosser Eingriff war und ich daher leicht eine Infektion auflesen könnte.

Einerseits geniesse ich das Einzelzimmer, anderseits fühle ich mich etwas einsam. Ich muss ja weiter im Bett liegen, kann nicht einmal mein Handy aus dem Schrank holen. Ich bin noch nicht lange im Krankenzimmer, da kommt der leitende Arzt Dr. Sommer.

„Sie haben die Operation gut überstanden. Trotzdem sollten Sie jetzt nicht übermütig werden. Vor allem sollten Sie den Kopf nicht zu stark drehen. Es könnte etwas reissen“, warnt er mich.

Genau, ich darf nicht vergessen, dass bei der Rekonstruktion der Zunge ein Gewebelappen des Unterarms samt Blutgefässen eingesetzt wurde. Deshalb auch der eingebundene Arm, der wiederum mit einem Hautlappen abgedeckt wurde, welcher von der Leistengegend entnommen wurde.

Dr. Sommer ist wieder gegangen. Da kommt meine Schwester Lilly zu Besuch. Sie freut sich, dass es mir den Umständen entsprechend gut geht. Sie ist es auch, die mir mein Handy aus dem Schrank holt. Sie erzählt mir, dass Dr. Sommer sie nach der Operation angerufen habe. Es sei eine anspruchsvolle Operation gewesen. Sie habe acht Stunden gedauert. Ich fühle mich den Ärzten gegenüber dankbar. Lilly bleibt nicht lange. Sie will aber bald wiederkommen.

Ich bekomme jetzt regelmässig künstliche Ernährung über die Sonde. Zuerst nur wenig, dann etwas mehr. Es scheint alles gut zu gehen. Jede Stunde – oder jede zweite? – kommt ein Assistenzarzt und pikst mich in die Zunge oder besser gesagt in den Lappen, der meine Zunge ergänzt. Spüren tue ich nichts. Trotzdem frage ich mich, was das soll.

Am frühen Freitagnachmittag, als gerade zwei Assistenzärzte meine Zunge prüfen, kommt Dr. Sommer herein. Er trägt keinen weissen Kittel, aber einen Aktenkoffer.

„Ich gehe jetzt nach Bern. Ruft mich an, wenn etwas ist“, sagt er zu den Assistenzärzten.

„Was soll schon sein? Jetzt habe ich doch alles überstanden", denke ich. Dr. Sommer geht und auch die Assistenzärzte verlassen den Raum.

Zwei Stunden später: Einer der Assistenzärzte ist wieder da, um sich meine Zunge anzuschauen. Sie scheint ihm gar nicht zu gefallen. Er ruft einen Kollegen. Dieser sagt: „Wir müssen Dr. Sommer anrufen."

Danach bricht eine Hektik aus. Eine Pflegefachfrau kommt und klärt mich auf: „Wir müssen Sie für eine weitere Operation vorbereiten. Es stimmt etwas nicht mit der Durchblutung des Lappens."

Habe ich etwas falsch gemacht? Habe ich mich zu stark bewegt? Ich bekomme sofort Schuldgefühle. Dr. Sommer hat mich doch noch gewarnt.

Diesmal werde ich im Wachzustand in den Operationssaal geschoben. Auch der Intubationsschlauch wird mir im Wachzustand durch das Nasenloch und die Nasengänge gezwängt. Es ist fürchterlich. Die Tränen rinnen mir die Wangen hinunter. Aber ich kann mich nicht wehren.

Ein Dutzend Leute – so scheint es mir jedenfalls – steht um mich herum. Die einen sind damit beschäftigt, mir den Schlauch durch die Nasengänge zu zwängen. Die anderen halten mich fest. Einer streichelt mir über die Wange, um mich zu trösten. Der hat den richtigen Job gewählt!

Der Schlauch ist endlich im Halsbereich angekommen. Jetzt wird herumgeschoben und gedrückt, um ihn in die Luftröhre zu bekommen. Als auch das gelungen ist, erhalte ich die erlösende Narkose. Die habe ich nicht vorher bekommen, weil ich nicht nüchtern war. Bevor festgestellt wurde, dass ich noch einmal operiert werden muss, hatte ich noch über die Sonde Nahrung erhalten.

23.

Wieder auf der Intensivstation

Langsam erwache ich. Ich bin in einem Raum, der mit Glasscheiben abgetrennt ist. An der Wand vor meinem Bett ist eine Tafel angebracht. Dort stehen der Wochentag und das Datum geschrieben. Es ist ein Sonntag im Mai.

Eine sympathische Pflegefachfrau mittleren Alters kommt an mein Bett. Sie stellt sich mit ihrem Namen vor.

„Sie sind auf einer Intensivstation. Wie fühlen Sie sich? Sie sind noch zweimal operiert worden, zuletzt mitten in der Nacht."

Sie zeigt auf das Klapptischchen neben dem Krankenbett. „Ich habe Ihnen Block und Stift bereitgelegt. So können Sie schreiben, wenn Sie etwas brauchen oder wünschen, da Sie ja nicht sprechen können. Dr. Sommer hat gesagt, dass Sie vorläufig intubiert bleiben, weil Sie vielleicht noch einmal operiert werden müssen. Er will später noch vorbeischauen."

Ein paar Stunden später erscheint Dr. Sommer, wie versprochen, auf der Intensivstation. Er erklärt mir: „Es hat Komplikationen gegeben. Wir haben zweimal operieren müssen. Ich weiss noch nicht, ob ich den Lappen drinnen lassen kann oder ob er entfernt werden muss. Sollte der Lappen entfernt werden müssen, muss ich entscheiden, ob wir einen neuen Lappen mit Gewebe des rechten Unterarms machen wollen oder die Zunge so belassen, wie sie ist. Früher hat man ja auch keine Rekonstruktionen gemacht, auch nicht bei jungen Leuten."

Er wirkt irgendwie enttäuscht. Na ja, er hat bis in die Nacht hinein operiert und das am Wochenende. Zudem war diese Mühe vielleicht umsonst. Ich kann nicht sprechen, wünsche mir aber im Geheimen, er möge etwas Geduld haben mit dem Lappen. Eine innere Stimme sagt mir nämlich, dass alles gut werden wird.

Vor einigen Wochen – als ich in der Klinik für Onkologie lag – bekam ich ein esoterisches Buch geschenkt. Darin ist unter anderem eine Übung beschrieben, mithilfe der man seine Aura zum Erstrahlen bringen kann. Diese Übung mache ich jetzt regelmässig.

Am Sonntagnachmittag kommt meine Schwester Lilly zu Besuch. Sie sagt, sie habe sich durchfragen müssen, um zu erfahren, auf welcher Abteilung ich liege. Dies sei die modernste Intensivstation des Universitätsspitals, alles Einzelzimmer.

Lilly erzählt, dass sie am Abend zuvor telefonisch informiert worden sei, dass es Komplikationen gegeben habe und ich erneut habe operiert werden müssen. Sie sieht bedrückt aus. Offenbar hatte ich zweimal ein Blutgerinnsel, das operativ entfernt werden musste.

Nebst den vielen Schläuchen und Verbänden – auch um den Hals habe ich einen – habe ich eine weisse Kopfbedeckung erhalten. Das lässt mich besonders bleich erscheinen. Dazu die dunklen Augenringe. Wenn es ginge, würde ich mich jetzt ein wenig schminken. Die nette Pflegefachfrau würde mich bestimmt schminken, hätte ich nur Schminke dabei.

Die Kopfbedeckung brauche ich, weil mir beinahe das ganze Kopfhaar ausgegangen ist. Denn ich habe knapp drei Monate Chemotherapie hinter mir. Deswegen besitze ich jetzt auch eine Perücke. Sie steht mir.

Hätte ich gleich nach der Diagnose auf die Ärzte gehört, hätte ich wenigstens die Chemotherapie vor der Operation nicht gebraucht. Ich konnte ja aber auch nicht voraussehen, wie rasant sich der Tumor bald ausbreitete. Nie im Leben hätte ich gedacht, dass ein Tumor so schnell wachsen kann und ein paar wenige Wochen am Ende einen so grossen Unterschied machen.

Für die Operation habe ich die Perücke abnehmen müssen. Ich besitze zwei farbige Kopfbedeckungen, eine orange und eine mittelblaue. Vor der Operation habe ich darum gebeten, man möge mir die Kopfbedeckung nicht abnehmen. Aus irgendeinem Grund hat jemand die farbige Kopfbedeckung mit einer weissen vertauscht.

Hat Dr. Sommer zu Lilly gesagt, dass er im Moment nicht weiterweiss? Sie wirkt sehr bedrückt. Ich schreibe auf meinen Block, dass es mir gut geht. Ich scheine sie davon nicht überzeugen zu können. Sie verabschiedet sich und wünscht mir alles Gute.

Als am nächsten Morgen die nette Pflegefachfrau erscheint, um mir beim Waschen zu helfen, greife ich zu Block und Stift und schreibe: „Ich habe gut geschlafen und einen schönen Traum gehabt. Jetzt zünde ich mein inneres Lichtlein an."

Ich fühle mich trotz Schläuchen und stark eingeschränkter Mobilität gut. Ich bewundere die Pflegefachfrau. Ihre Arbeit stelle ich mir nicht sehr angenehm vor. Trotzdem ist sie bester Laune.

Sie rühmt mich: „Sie sind die beste Patientin, die ich je gepflegt habe. Ich habe zu Dr. Sommer gesagt, eine so gute Patientin habe er uns noch nie gebracht."

Es ist noch immer offen, ob der Lappen wieder entfernt und eventuell durch einen neuen ersetzt werden muss. Deshalb läuft die Infusion diesmal über die Vene am rechten Oberschenkel. Der rechte Arm wird vielleicht noch gebraucht für einen zweiten Lappen.

Als Dr. Sommer sich wieder einmal mit dem Arzt der Intensivstation unterhält, höre ich ihn etwas von Blutegeln sagen. Das würde mir jetzt noch fehlen: Blutegel auf meiner rekonstruierten Zunge!

Am nächsten Tag hat eine andere Pflegefachfrau Dienst. Sie hilft mir beim Waschen, dann beim Aufstehen. Ich sitze auf dem Bettrand, als Dr. Sommer eintritt. Er setzt sich neben mich. Er will sich meinen Arm anschauen. Zu diesem Zweck nimmt er sorgfältig die Bandage ab.

Er ist zufrieden. Ich sehe zum ersten Mal meinen geflickten Unterarm, den Lappen, welcher aufgenäht wurde. Dr. Sommer gibt der Pflegefachfrau ein Zeichen, dass sie den Arm neu verbinden könne. Sie reicht ihm die Bandage. „Gut", sagt er. „Dann mache *ich* das." Ruhig bindet er, der leitende Arzt, mir den Arm ein. Er wird mir immer sympathischer. Da muss ich mich daran erinnern, dass er es war, der mich verstümmelt hat – wenn auch mit guter Absicht.

Später kommt Dr. Sommer mit dem Abteilungsarzt der Intensivstation an mein Krankenbett. Ich bin noch immer intubiert und an die Beatmungsmaschine angeschlossen. Dr. Sommer fragt den Abteilungsarzt: „Könntest du gelegentlich mal versuchen, die Patientin von der Beatmungsmaschine zu nehmen?"

Offensichtlich ist keine weitere Operation mehr geplant. Der Lappen muss also nicht wieder entfernt werden.

„Gut, ich versuche es", antwortet der Stationsarzt mit einer gewissen Skepsis in der Stimme.

Als er am nächsten Tag versucht, den Beatmungsschlauch herauszuziehen, gerate ich in Panik. Ich merke, dass ich im Rachen total verschleimt bin, und habe Angst, den Schleim einzuatmen.

Der Arzt bricht die Aktion sofort ab und informiert Dr. Sommer. Daraufhin entschliesst sich Dr. Sommer, die Extubation im Operationssaal durchzuführen.

„So sind wir gleich am richtigen Ort, falls ein Luftröhrenschnitt notwendig wird", erklärt er.

Später formuliere ich meine Frage auf Papier an die nette Pflegefachfrau: „Glauben Sie, die Entfernung des Beatmungsschlauches wird unter Narkose gemacht?"

„Nein, das glaube ich nicht. Die Ärzte wollen ja sehen, ob Sie selbstständig atmen können. Das geht nicht unter Narkose." Natürlich, ich wurde ja, weil es eine Narkose brauchte, intubiert.

Ich habe Angst vor dem Termin im Operationssaal. Ich weiss auch, dass ich wahrscheinlich die nette Pflegefachfrau danach nicht mehr sehen werde. Geht im OP alles gut, werde ich auf die Aufwachstation verlegt.

Am nächsten Tag werde ich kurz nach Mittag in den Operationssaal geschoben. Wieder stehen einige Leute um mich herum. Offensichtlich fehlt Dr. Sommer. Da öffnet sich schon die Tür und eine etwas füllige Gestalt in grünem Kittel betritt den Raum.

Trotz Mundschutz, der das Gesicht bis auf die Augen unkenntlich macht, und der Haube, unter welcher das dichte dunkle Haar versteckt ist, zweifle ich nicht daran, dass es Dr. Sommer ist. Er tritt an den OP-Tisch und fragt: „Erkennen Sie mich noch?"

Da ich nicht sprechen kann, schaue ich ihm in die Augen – vielleicht ein wenig zu tief und zu lange?

Mit den Worten „dann beginnen wir mal" holt mich Dr. Sommer aus der Hypnose. Der Assistenzarzt hält ein Endoskop – ein dünnes Instrument mit Licht und Kamera – bereit und will es mir jetzt durch das freie linke Nasenloch schieben. Ich erinnere mich, wie der Beatmungsschlauch vor der zweiten Operation durch das rechte Nasenloch gezwängt wurde, und wehre instinktiv ab.

„Quäle sie nicht“, mischt sich Dr. Sommer ein. „Ich schaue mal, wie es aussieht.“

Sagt es und schiebt seinerseits ein Instrument in mein freies Nasenloch. Er kommt damit langsam voran. Ich fühle, dass ich verkrampft bin, und sehe ein, dass es an mir liegt, wie lange diese Prozedur dauert. Deshalb entscheide ich mich, an etwas anderes zu denken. Ich stelle mir vor, wie sich prickelndes Mineralwasser in meinem Mund anfühlen würde. Bei diesem Gedanken fühle ich förmlich, wie sich meine Muskeln entspannen.

Nachdem sich anscheinend meine Nasengänge geweitet haben, hat Dr. Sommer das Instrument bis zum Rachen vorschieben können. „Ich sehe eine Menge Schleim. Den sauge ich jetzt ab“, sagt er zu seinem Assistenten.

„So, ziehst du dort? Ich ziehe hier“, fährt er fort. Schon zieht er behutsam am Tubus, bis er ihn ganz herausgezogen hat.

Ich erinnere mich, wie unangenehm es war, als mir nach der ersten Operation der Arzt auf der Intensivstation den Tubus entfernte. Dr. Sommer macht es eindeutig besser. Ich hebe meinen Daumen, um ihm zu zeigen, dass ich sehr zufrieden bin.

Darauf antwortet er: „Sie haben aber auch sehr gut mitgemacht.“

Ich werde aus dem Operationssaal geschoben. Der Assistenzarzt verpasst mir eine Nasenbrille. Als ich instinktiv danach greife, meint er: „Die brauchen Sie für eine Weile.“ Also ziehe ich meine Hand wieder zurück.

Bald werde ich in den Aufwachraum gebracht, wo ich vor ungefähr einer Woche schon einmal war. Wieder bekomme ich nur ein Sprühfläschchen, damit ich meinen Mund befeuchten kann. Wieder sehe ich, wie anderen Patienten Essen gebracht wird.

Offenbar ist es draussen heiss. Ich sehe mehrere Pflegefachleute oder Auszubildende mit einem Eis aus der Mittagspause zurückkehren. Ich schaue ihnen sehnsüchtig hinterher. Was würde ich jetzt für ein Glas prickelndes Mineralwasser geben.

Da taucht jemand neben meinem Bett auf. Es ist mein Bruder. „Ich habe mich durchfragen müssen, um dich zu finden“, sagt er.

Ich nehme Papier und Stift, die bereitliegen und zu meiner Verständigung dienen, und schreibe: „Am Vormittag war ich noch auf einer Intensivstation und am Mittag noch einmal im Operationssaal.“

„Was? Du warst schon wieder im Operationssaal? Wie oft bist du eigentlich operiert worden?“, erkundigt er sich aufgeregt.

„Heute haben die Ärzte lediglich den Beatmungsschlauch entfernt“, schreibe ich, um ihn zu beruhigen. Offensichtlich findet er meinen Anblick beängstigend, denn er will bald wieder gehen.

„Ich besuche dich ein andermal wieder, wenn du auf der Station bist“, verspricht er und verabschiedet sich.

Ich habe einen winzigen Fernseher, mit dem ich mir die Zeit vertreiben kann. Dazwischen kommt immer wieder jemand an mein Bett. Es werden Blutdruck und Temperatur gemessen. Ich schaue eine Sendung, bei der Restaurants getestet und bewertet werden.

Die Pflegende an meinem Bett sagt: „Diese Sendung schaue ich auch oft.“

Ich, die nicht einmal etwas trinken darf, schaue zu, wie andere essen. Wenigstens verspüre ich keinen Hunger.

Am nächsten Tag darf ich aufstehen und mit dem Medikamentenständer ein wenig herumlaufen. Das geht so gut, dass die Pflegefachfrau Dr. Sommer anruft und fragt, ob ich auf mein Zimmer auf der Station verlegt werden könne.

Dr. Sommer sagt, er könne leider nicht kommen, gibt aber grünes Licht. Bald darauf werden mein Bett und ich abgeholt. Eigentlich hat es mir im Aufwachraum sehr gut gefallen. Ich war nie allein, konnte immer andere beobachten. Aber doch lieber allein als zu zweit oder zu dritt in einem Zimmer. So kann ich mich mit meinen Besuchern ungestört unterhalten.

Als ich wieder sprechen kann, frage ich den Arzt auf der Abteilung, was das Problem war mit dem Lappen.

„Die Komplikation, die bei Ihnen aufgetreten ist, ist relativ häufig nach der Lappentransplantation“, klärt er mich auf. Ich habe also nichts falsch gemacht.

Von jetzt an geht es schnell bergauf. Über die Magensonde erhalte ich künstliche Ernährung.

Bevor ich wieder trinken darf, muss ich zum Röntgen der Speiseröhre in die Radiologie. Man gibt mir dort eine Flüssigkeit mit Kontrastmittel – den sogenannten Bariumbrei – zu schlucken. Mit diesem Kontrastmittel kann untersucht werden, ob die Speiseröhre allenfalls irgendwo undicht ist.

Die Untersuchung verläuft erfolgreich. Mit meiner Speiseröhre ist alles in Ordnung. Ich darf endlich wieder trinken, wenn auch nur stilles Wasser, welches ich zudem mit einem Pulver eindicken muss. Ich muss das Schlucken erst wieder erlernen.

Nach zwei weiteren Tagen darf ich eine Cola mit dem Pulver eindicken und ich darf essen, wenn auch noch nichts Festes. Ich bekomme alles in flüssiger Form und muss es mit dem Pulver eindicken. Suppen und Shakes schmecken so gut, dass ich das feste Essen nicht vermisse. Mit Genuss löffle ich dreimal täglich verschiedene eingedickte Speisen. Sogar Fleisch erhalte ich in flüssiger Form.

Meine Wunden werden versorgt und heilen gut. Zwischendurch bekomme ich Besuch von Physiotherapeutinnen. Ich soll mich möglichst viel bewegen, das heisst die Gänge rauf- und runtergehen und dazu Atemübungen machen. Nebenbei werde ich für Untersuche in verschiedene Kliniken gebracht.

Bei meinem ersten Besuch in der Klinik für Radio-Onkologie erklärt mir ein Arzt das Vorgehen. Ich erhalte eine schriftliche Patientenaufklärung, die mögliche Nebenwirkungen und Spätfolgen aufzeigt.

Zu den Risiken und Spätfolgen gehören gemäss der Patientenaufklärung neben Mundtrockenheit, möglichen Zahnschäden, Vernarbung von Kaumuskeln und Kiefergelenken auch fehlender Haar- und Bartwuchs. Also auf Bartwuchs kann ich verzichten!

Ich frage mich: Würden sich Frauen mit Bartwuchs einer Strahlenbehandlung im Kopf-Hals-Bereich unterziehen, wenn sie wüssten, dass sie ihr Problem danach loshätten? Wohl kaum, wenn sie von den anderen möglichen Nebenwirkungen und Spätfolgen erfahren würden.

Weitere mögliche Spätfolgen: Entzündung der Kehlkopfknorpel und ihre teilweise Auflösung (selten), eine Abschwächung der Schilddrüsenfunktion (eine Unterfunktion bis zum Ausfall), Einengung der Halsschlagader mit möglichen Folgen.

Wegen der letztgenannten möglichen Spätfolge wird vor Beginn der Bestrahlungen meine Halsschlagader untersucht. Sie sei noch jungfräulich, sagt der Arzt nach der Untersuchung. Wenigstens *eine* positive Mitteilung.

Mit meiner Unterschrift erkläre ich mich mit der vorgesehenen Behandlung einverstanden. Lehne ich die Behandlung ab, muss ich damit rechnen, bald wieder einen Tumor zu haben. Denn bei der Operation konnte der Sicherheitsabstand nicht eingehalten werden. Ich habe meine Lektion gelernt!

***

Die Klinik für Radio-Onkologie schickt mich zu einer Computertomographie. Mithilfe der Bildgebung legt der Arzt das zu bestrahlende Zielgebiet fest.

Danach bringt mich jemand zu einer anderen Abteilung der radioonkologischen Klinik. Dort wird eine Maske angefertigt, die Gesicht sowie Hals bedeckt und bis zu den Schultern reicht.

In der Zahnklinik wird der Zustand der Zähne und des Zahnfleisches kontrolliert und schriftlich festgehalten. Die Krankenversicherung bezahlt nur für Zahnschäden nach Bestrahlung, wenn nachgewiesen werden kann, dass sie vor der Behandlung noch nicht bestanden haben.

24.

Aus der Klinik entlassen

Der Austrittstag rückt näher. Beinahe einen ganzen Monat war ich hier. Ich bin zur Reha in einer Klinik angemeldet. Doch ich beschliesse, nicht zur Kur zu fahren. Meine Schwester nimmt mich wieder für ein paar Wochen in die Altersresidenz auf, die sie leitet.

Es folgt noch ein Kontrolluntersuch in der HNO-Klinik, bevor ich eineinhalb Monate lang Bestrahlungen und Chemotherapie über mich ergehen lassen muss. Nach Abschluss dieser Therapien werde ich regelmässig Termine zur Nachsorge an der HNO-Klinik wahrnehmen.

Als ich zu diesem vorläufig letzten Kontrolluntersuch in der HNO-Klinik erscheine, empfängt mich Dr. Sommer lachend. Er dürfte ruhig öfter lachen, denn es macht ihn noch sympathischer. Ich habe ihn noch nie so lachen gesehen. Wahrscheinlich gibt es auf seiner Abteilung wenig zu lachen. Oder er hatte mit mir wenig zu lachen.

Mir schwant gleich, warum er lacht, fühle mich aber keineswegs ausgelacht. Mein Hausarzt hat es nicht unterlassen können, mich auf meine Richtungsänderung um 180 Grad aufmerksam zu machen.

Ich hatte ihm zu Beginn der Erkrankung nämlich gesagt: „Ich mache sicher nicht einfach so schön, was die Ärzte wollen. Chemotherapie und Bestrahlung kommen nicht infrage, niemals!"

Mittlerweile habe ich mich in eine Musterpatientin verwandelt. Nach dem, was ich in den vergangenen Monaten mitgemacht habe, wäre ich dumm, wenn ich immer noch gegen Chemo- und Strahlentherapie wäre.

Haben die beiden Ärzte miteinander gesprochen? Dr. Sommer wird gesagt haben, wie gut ich mitmache. Mein Hausarzt wird erstaunt reagiert und gesagt haben, dass ich nicht einfach so schön zu tun gedachte, was die Ärzte wollten, und dass ich auf keinen Fall in Chemo- und Strahlentherapie einwilligen wollte.

Dr. Sommer sieht sich meine Zunge an. Er scheint zufrieden zu sein mit dem Ergebnis der Operation und damit, wie die Narben verheilen.

„Wann beginnen Sie mit der Bestrahlung?“, erkundigt er sich.

„Ich habe letzte Woche schon angefangen“, antworte ich.

Falls er jetzt daran denkt, was ich früher zu meinem Hausarzt sagte, lässt er sich nichts anmerken.

Keine Angst, ich werde meine Meinung nicht wieder ändern!

„Sie sehen gut aus“, meint er nur.

Wie soll ich das jetzt verstehen? Findet er aus medizinischer Sicht, ich sehe gut aus? Oder ist das allgemein gemeint. Was antworte ich darauf? Am besten sage ich nichts. Sage ich jetzt „danke“, sieht es so aus, als denke ich, er mache mir ein Kompliment. Nicht, dass ich etwas dagegen hätte, von ihm ein Kompliment zu erhalten. Jetzt mal ehrlich, jeder bekommt gerne Komplimente.

Ich schaue ihn verunsichert und fragend an, bevor er sich von mir verabschiedet. Vorerst bin ich entlassen. Erst nach dem Abschluss von Bestrahlungen und Chemotherapie werde ich zu regelmässigen Untersuchen in diese Abteilung zurückkehren.

25.

Bestrahlung und Chemotherapie

In der Folgewoche geht es weiter mit der Strahlen- und Chemotherapie. Meine Zunge soll in einunddreissig Sitzungen – jeweils eine Sitzung pro Tag von Montag bis Freitag – bestrahlt werden. Zudem erhalte ich einmal pro Woche eine Chemotherapie über die Armvene. In der Klinik für Onkologie erklärt mir ein Arzt, die Chemotherapie werde angewendet für den Fall, dass vereinzelte Krebszellen vom Tumor an eine andere Stelle im Körper gewandert seien. Zumal vor der Operation regionale Lymphknoten befallen gewesen seien.

„Nach der Operation konnten allerdings bei den entnommenen Lymphknoten keine Krebszellen mehr nachgewiesen werden. Die Chemotherapie hat also gewirkt wie erwartet", beruhigt mich der Onkologe.

Er fragt mich, ob mein Gewicht konstant sei und wie es mit dem Essen gehe.

„Ich ernähre mich mit flüssiger und breiiger Nahrung. Daneben habe ich noch den Zugang für die künstliche Ernährung. Ich nehme stetig zu."

„Ich rate Ihnen: Essen Sie jetzt noch so viel Sie können. Im Laufe der Bestrahlung wird sich das nämlich ändern. Sie werden auf die Ernährungssonde angewiesen sein. Gut, haben Sie den Zugang bereits."

Mit den verordneten Therapien beginne ich gleich. Herr Dr. Sommer hatte während meines stationären Aufenthaltes einmal gesagt, dass die Bestrahlungen so bald wie möglich nach erfolgter Operation durchgeführt werden sollten. Je zeitnaher die Bestrahlungen erfolgen, umso wahrscheinlicher der Erfolg.

„Wenn Dr. Sommer sagt, dass die Bestrahlung notwendig ist, wird es wohl so sein. Ganz nach dem Motto: ‚Vogel friss oder stirb' ", denke ich.

Mit dem Tumor wird normalerweise so viel umliegendes Gewebe entfernt, dass der sogenannte Sicherheitsabstand eingehalten werden kann. Dies war in meinem Fall nicht möglich. Sonst wäre zu wenig von meiner Zunge übriggeblieben.

Ich weiss nicht, ob man eine ganze Zunge rekonstruieren kann und ob man damit essen und sprechen kann.

***

Vor der ersten Bestrahlung wird die genaue Position festgelegt. Ich erhalte ein winzig kleines Tattoo am Brustansatz, ein Punkt, an welchem sich die Pflegefachleute orientieren, damit die Strahlen jedes Mal genau auf dieselbe Stelle gerichtet werden können. Die eigens für mich angefertigte Maske wird mir aufgesetzt.

Für die Bestrahlungen muss ich jeweils auch eine Art Stick in den Mund nehmen. So werden wohl die Strahlen an den richtigen Ort gelenkt. Obenrum trage ich nur einen BH, während ich auf dem Behandlungstisch liege.

Ich bin froh, dauern die einzelnen Behandlungen nur ein paar Minuten, und erleichtert, wenn sie jeweils vorüber sind. Was wäre, wenn ich plötzlich erbrechen müsste – auf dem Rücken liegend mit der Maske auf meinem Gesicht, einem Stick im Mund und festgebunden auf dem Behandlungstisch?

Zum Glück bekomme ich die Chemotherapie jeweils gegen Ende der Woche. Die Nebenwirkungen sind so über das Wochenende am stärksten. Da muss ich wenigstens nicht zur Bestrahlung.

Bestrahlt werde ich an jedem Wochentag. Die Infusionen der Chemotherapie erhalte ich einmal pro Woche. Die beiden Therapien werden zeitlich so abgestimmt, dass sie nacheinander erfolgen können. Ich melde mich jeweils in der Klinik für Onkologie auf der Abteilung und bekomme ein Bett oder eine Liege in einem Patientenzimmer zugewiesen. Als erstes wird der Zugang für die Infusion gelegt.

Dann kann ich entweder gleich zur Bestrahlung gehen oder erst nach erfolgter Chemotherapie. Erhalte ich die Bestrahlung vor der Chemotherapie, mache ich mich mit dem Medikamentenständer auf den Weg zum Bestrahlungsraum. Manchmal verlaufe ich mich dabei, gerate auf einen der unterirdischen Gänge, welche die Spitalgebäude miteinander verbinden. Irgendwie komme ich dann doch immer rechtzeitig an.

Schnell ziehe ich in der zugewiesenen Kabine Bluse und Perücke aus und schon werde ich gerufen. Ich lege mich auf das Gerät. Meine Position wird vom Personal überprüft und ich bekomme die Maske aufgesetzt. Neben mir steht der Medikamentenständer.

Die Bestrahlung dauert nur ein paar Minuten. Danach gehe ich mit dem Medikamentenständer wieder zur Station und zum zugewiesenen Bett. Den Weg zurück finde ich jedes Mal problemlos.

Über den Venenzugang erhalte ich zuerst ein Medikament zur Vorbeugung gegen Nebenwirkungen. Erst danach bekomme ich das eigentliche Medikament – oder auch mehrere kombiniert. Entweder schlafe ich, lese ein wenig oder unterhalte mich mit einer Bettnachbarin.

Auch mit der Pflegefachfrau unterhalte ich mich meistens, sei es, wenn sie den Zugang steckt, das Medikament anhängt oder den Wasserbeutel austauscht.

Einmal erwähnt die Pflegefachfrau, dass sie Kopfschmerzen habe.

„Oh, ich weiss, wie das ist. Ich leide nämlich oft unter Migräne. Ich bin froh, dass ich in den letzten Monaten keinen einzigen Anfall hatte."

„Es ist nicht so schlimm mit meinen Kopfschmerzen. Machen Sie sich keine Gedanken", antwortet die Pflegefachfrau etwas erschrocken.

Wahrscheinlich denkt sie: „Da liegt eine Patientin, die eine grosse Operation hinter sich hat und sich jetzt noch einer Chemotherapie unterziehen muss, und ich beklage mich über Kopfschmerzen."

Für mich ist ein Migräneanfall nicht weniger schlimm als eine Chemotherapie. Der einzige Unterschied ist, ich muss nach einem Migräneanfall nicht mit Spätfolgen rechnen.

Einmal spricht mich eine Pflegefachfrau auf die Operation an, die ich hinter mir habe.

„Wenigstens sieht man bei Ihnen im Gesicht von aussen nichts. Die Narbe am Hals können Sie mit Rollkragenpullover oder Tüchlein kaschieren. Ich habe schon Patienten gesehen, die wurden im Kopf-Hals-Bereich von aussen operiert."

Nach jedem Medikament wird mit viel Wasser nachgespült. Deswegen muss ich regelmässig die Toilette aufsuchen. Das geht auch den übrigen Patienten so.

Deswegen ist die Toilette, die sich direkt vor dem Patientenzimmer befindet, oft besetzt. Dann mache ich mich mit dem Medikamentenständer an der Seite auf die Suche nach einer freien Toilette. Manchmal komme ich dabei an Gestellen mit Broschüren vorbei.

Als ich einmal genauer hinschaue, sehe ich eine Broschüre, in der die Krebsliga Schminkkurse für Krebskranke anbietet. Ich nehme mir ein Exemplar mit ins Krankenzimmer. Später melde ich mich im Internet für einen solchen Kurs im Universitätsspital an.

26.

Schminkkurs für Krebspatientinnen

Eine Dame der Krebsliga holt uns beim Empfang ab. Wir – zehn Frauen unterschiedlichen Alters – werden in einen Raum geführt, in dem mehrere Tische zu einem grossen Tisch zusammengefügt worden sind. Für jede Teilnehmerin ist ein Beutel mit Schminkutensilien, Spenden von verschiedenen Firmen, bereitgelegt worden.

Jeder Beutel enthält eine Grundierung, ein Wangenrouge, Puder, Lidschatten, Eyeliner, Augenbrauenstift, Lipliner und Lippenstift. Niemand hat alles von einer Marke, alle haben Artikel von verschiedenen Marken. Dagegen ist der Inhalt der Beutel so kombiniert worden, dass die Farben jeweils zueinander passen. Zwei Teilnehmerinnen tauschen aus diesem Grund ihren Beutel.

„Falls Sie möchten, nehmen Sie die Kopfbedeckung ruhig ab fürs Schminken“, ermuntert uns eine der Kursleiterinnen.

Fast alle nehmen Perücke oder Käppchen ab. Einige sehen sehr hübsch aus, obwohl das Haar erst wieder zu spriessen beginnt. Ich fühle mich wohler mit Perücke, behalte sie an.

Falls wir erwartet haben, dass uns jetzt jemand schminken würde, haben wir uns geirrt. Die Kursleiterinnen erklären uns Schritt für Schritt, wie wir beim Schminken vorzugehen haben. Dabei gehen sie von einem zum andern und geben Ratschläge.

Am Ende dürfen wir den Beutel und Inhalt mitnehmen. Die Zeit ist viel zu schnell vorbeigegangen. Es war schön, mit Frauen Zeit zu verbringen, die im selben Boot sitzen. Keiner bemitleidet den anderen.

***

Die Nebenwirkungen von Bestrahlung und Chemotherapie werden von Woche zu Woche stärker. Von der Chemotherapie wird mir zusehends schlecht und ich muss mich oft übergeben. Da ich auch Cortison erhalte, schwellt mein Körper an, ebenso das Gesicht. Montags ist es dann jeweils schwierig, vor der Bestrahlung die Maske aufzusetzen. Sie ist häufig so eng, dass ich eine Art Platzangst bekomme.

Wegen der Bestrahlung kann ich kaum sprechen. Die Schleimhäute sind gereizt. Der Mund ist ständig voll von zähem Schleim, den ich nicht ausspucken kann. Ich muss ihn herausziehen wie einen Kaugummi. Essen kann ich – wie vom Arzt der Radioonkologie vorausgesagt – nicht mehr. Ich bin froh, dass ich mich über die Magensonde ernähren kann.

27.

Komplementärmedizin

Gerne möchte ich die schulmedizinischen Behandlungen mit einer natürlichen Methode unterstützen. Ich denke an Misteltherapie, von der ich schon gehört habe, sie solle das Immunsystem stärken und das Rückfallrisiko vermindern.

Auf der Internetsuche nach Misteltherapie stossen meine Schwester und ich auf die Webseite des Instituts für komplementäre und integrative Medizin des Universitätsspitals. Weder meine Schwester noch ich wussten bisher, dass es dieses Institut gibt. Meine Schwester meldet mich zu einem Erstgespräch an.

Dort erfahre ich, dass Gruppentherapien in „Mind Body Medicine" angeboten werden. Ich melde mich für einen solchen Kurs an, muss ihn dann aber verschieben, weil ich als Nebenwirkung der Bestrahlung kaum mehr sprechen kann.

Als ich einige Wochen später mit der Gruppentherapie beginne, kann ich wieder sprechen. Ich freue mich auf jeden einzelnen Termin mit dieser Gruppe von ungefähr zehn Frauen und Männern. Die einen sind eben erst von einer Krebserkrankung genesen. Andere kämpfen noch gegen den Krebs.

Die Therapie findet einmal pro Woche statt und dauert dreieinhalb Stunden. Zwei Psychologinnen leiten die Therapiestunden. Wir erlernen Methoden zur Entspannung und Stressbewältigung. Wir sprechen über gesunde Ernährung, bekommen Rezepte mit.

Einmal sprechen wir ab, dass jeder ein Rezept auswählt und für den nächsten Kurstag kocht. Ich wähle Zucchinipuffer. Die Speisen geben ein kleines Zvieri-Buffet. Auch eine sehr schmackhafte Suppe ist dabei, die in der Thermoskanne sogar warm geblieben ist.

Einmal fordert uns eine der Psychologinnen auf, aufs nächste Mal einen Brief an uns selber zu schreiben. Thema ist, wo wir in einem Jahr stehen möchten, was wir bis dann erreicht haben möchten. Den Brief geben wir am folgenden Kurstag in einem verschlossenen, an uns selbst adressierten Umschlag ab. Wir sollen ihn später mit der Post zugestellt erhalten.

Ich weiss schon lange, was mein Lebensziel ist: Mindestens ein Buch schreiben. In einem Jahr möchte ich mein erstes Manuskript verfasst haben. Ein Ziel, das ich teilweise erreiche. Das Manuskript wird es geben; es dauert jedoch länger als ein Jahr, bis ich es fertiggestellt habe.

Von Zeit zu Zeit kommt ein Arzt vorbei und wir können ihm Fragen stellen. Wir lernen, an welchen Körperstellen Akupressur wirkt, zum Beispiel gegen Erschöpfung oder gegen Übelkeit.

Viel zu schnell neigt sich der Kurs dem Ende zu. Am letzten Kurstag sitzen wir am Schluss im Kreis und sagen zu jedem einzelnen, was wir an ihm schätzen.

Ich freue mich sehr, als Roland, der mir gegenübersitzt, sagt: „Wärst du, Lena, während diesen Stunden mir nicht gegenübergesessen, hätte etwas gefehlt. Du warst zwar meistens still, wenn du aber etwas gesagt hast, dann etwas, das uns zum Nachdenken angeregt hat."

Zwei Teilnehmer – ein junger Mann und eine Frau – schlagen am letzten Kurstag vor, dass wir uns weiter treffen könnten, zum Beispiel einmal monatlich. Die zwei reichen ein A4-Blatt herum und jeder trägt seine Mail-Adresse und Telefonnummer ein.

Wir treffen uns danach ein paarmal zum Essen. Einmal sind wir sieben Personen. Danach wird die Zeit zwischen den Treffen länger und wir sind immer weniger Personen. Irgendwann treffe ich noch zwei oder drei meiner ehemaligen Kursteilnehmer gleichzeitig, dann nur noch einen. Das liegt wohl daran, dass die Krankheit in den Hintergrund gerückt ist. Das Leben geht weiter. Die einen sind genesen. Andere kämpfen weiter mit der heimtückischen Krankheit.

28.

Kann ich jemals wieder sprechen wie zuvor?

Nachdem sowohl die Strahlen- als auch die Chemotherapie abgeschlossen sind, gehe ich vorerst alle drei Monate zur Nachsorge. Zudem gehe ich eine Zeitlang zur Logopädie. Ich fühle mich beim Sprechen noch unsicher. Gewisse Buchstaben sind mit meiner mutilierten Zunge schwer auszusprechen, allen voran das „R". Die Logopädin gibt mir Tipps. Zum Beispiel soll ich das „R" hinten im Hals formen, da es vorne mit der Zunge nicht mehr geht.

Zur Ärztin sage ich hoffnungsvoll: „Nach der ersten Operation vor acht Jahren habe ich nach einiger Zeit wieder richtig gut sprechen können, obwohl die Zunge rechts angewachsen war."

Die Ärztin macht meine Hoffnungen gleich zunichte: „So wie vorher wird es diesmal nicht mehr. Jetzt hängt rechts ja auch noch der Lappen dran."

Nachdem ich einige Male bei der Logopädin war, gibt sie mir einen Stapel Übungsblätter mit nach Hause. Irgendwann beginne ich, diese Übungen zu vergessen. Dann nämlich, als ich wieder fast voll im Arbeitsprozess stehe. Einen halben Tag halte ich mir frei, arbeite jetzt 90 % als Assistentin in der Rechtsanwaltskanzlei, in der ich auch vor meiner Erkrankung tätig war.

Als ich zudem wieder für den Telefondienst eingeteilt werde, kann ich bei der Arbeit meine Aussprache üben. Es kommt immer wieder vor, dass jemand fragt: „Was haben Sie gesagt? Ich verstehe Sie nicht." Oder: „Mit welcher Firma bin ich verbunden?" Wahrscheinlich liegt es gar nicht an meiner Aussprache, sondern daran, dass immer mehr Menschen mit dem Mobiltelefon telefonieren. Manchmal ist die Verbindung schlecht.

Trotzdem frage ich mich dann jeweils, ob es vielleicht doch an meiner Aussprache liegt. Am Telefon zu sprechen ist anders, als wenn man sich gegenübersteht. Zudem kommt in unserem

Firmennamen sage und schreibe sechsmal ein „R“ vor. Steht ein „R“ am Anfang, ist die Aussprache besonders schwierig. Da ich durch Heirat einen ausländischen Namen habe, denken einige, ich sei Ausländerin und habe deswegen eine etwas andere Aussprache.

29.

Folgen der Erkrankung und der Therapien

Was sind die Folgen meiner Erkrankung und der Therapien?

Ich verschlucke mich schneller als vorher. Deswegen muss ich achtsam schlucken. Tabletten muss ich mörsern, Kapseln aufbrechen und den Inhalt mit Wasser trinken oder ins Essen geben.

Auch mit dem Kauen habe ich Mühe. Brot kann ich kauen, Fleisch nur sehr schlecht. Wenn ich grosse Lust auf Fleisch habe, wähle ich gut gegartes Fleisch mit Sauce.

Auf Alkohol kann ich gut verzichten. Sogar Wein und Champagner brennen auf meiner gemarterten Zunge. An Apéros wähle ich meistens alkoholfreie Getränke oder alkoholfreie Varianten von Cocktails. Früher, als ich auf Botschaften arbeitete, konnte ich mir ein Nachtessen ohne Wein nur schwer vorstellen. Heute muss ich sagen: Ich kann auch mit einem Glas Traubensaft anstossen. Nicht nur starker Alkohol, selbst Wein kann schnell süchtig machen. Das wird mir nicht passieren.

Ist das Essen stark gewürzt, brennt meine Zunge so sehr, dass ich es nicht mehr geniessen kann. Mir laufen bereits die Tränen, wenn andere das Essen nur wenig scharf finden.

In einen ganzen Apfel beissen kann ich nicht mehr. Zerteile ich den Apfel, kann ich zwar in die Spalten beissen, Stücke von der Schale bleiben jedoch regelmässig im Rachen hängen. Dann beginne ich zu husten. Meine Tochter hat sich mittlerweile daran gewöhnt. Anfangs glaubte sie jedes Mal, sie müsse den Notarzt rufen.

Meine Zunge ist nur sehr beschränkt beweglich. Herausstrecken kann ich sie gar nicht. Es nervt mich, wenn andere ständig mit ihrer Zunge die Lippen abschlecken. Ob ich das früher auch gemacht habe, als ich noch meine ganze Zunge hatte?

Im Yoga machen wir manchmal Zungenübungen. Wenn ich den anderen zuschaue, werde ich neidisch. Alle um mich herum haben noch eine intakte Zunge. Dann muss ich mir aber gleich sagen, dass sie vielleicht an einer anderen Stelle am oder im Körper entstellt sind. Denn das Yoga, das ich besuche, ist ein Yoga für Krebspatientinnen und -patienten oder ehemalige Krebspatientinnen und -patienten.

Am Hals habe ich eine lange Narbe. Die kann ich mit einem dünnen Halstuch kaschieren. Das sieht zudem modisch aus. Weil die Halslymphknoten auf einer Seite entfernt wurden, staut sich dort Flüssigkeit. Da tut Gesichtsmassage gut. Die mag ich gerne. Jetzt habe ich einen Grund, mir häufiger eine Gesichtsmassage zu leisten.

Die Innenseite des linken Unterarms, wo der Lappen zur Rekonstruktion der Zunge entnommen wurde, sieht ein wenig entstellt aus. Zwei Jahre nach der Operation hatte ich Durchblutungsstörungen im linken Arm. Ich bekam Kapseln auf Kräuterbasis und Vitamin B verschrieben. Nach einiger Zeit funktionierte die Durchblutung wieder einwandfrei.

All diese Folgen der Operationen und Therapien kann ich annehmen, weil ich jetzt überzeugt bin, dass ich keine andere Wahl hatte, als in die von den Ärzten empfohlenen Therapien und Massnahmen einzuwilligen. Oder deutlicher ausgedrückt: Die Alternative wäre ein frühzeitiger Tod gewesen.

Trotzdem: Gerade, weil ich nicht sofort allem zustimmte und skeptisch war, bin ich jetzt umso dankbarer – und vollkommen überzeugt, schlussendlich das Richtige getan zu haben. Nur mit dieser Überzeugung konnte ich eine gute Patientin sein – eine Patientin, die sieht, was das Pflegepersonal und die Ärzte leisten. Eine Patientin, die nicht im Selbstmitleid versinkt.

Hätte ich der OP gleich zugestimmt, ohne überzeugt zu sein, dass es der einzige Weg zur Heilung ist, wäre ich jetzt vielleicht ob der Narben und Einschränkungen verbittert. Mit dieser Aussage will ich jedoch nichts rechtfertigen. Ich hätte mich beinahe umgebracht, weil ich glauben wollte, dass eine schnelle Heilung ohne Narben und Spätfolgen möglich ist.

Vielleicht kann ich mit meiner Geschichte andere daran hindern, eine falsche Entscheidung zu treffen und als Folge frühzeitig zu sterben. Ich möchte andere Patienten davor bewahren, den Umweg zu gehen, den ich wählte. Das ist einer der Gründe, warum ich über meine Erfahrungen berichte.

Wenn ich zurückdenke, empfand ich die Zeit, während der ich nach der Operation im Spital lag, trotz den Komplikationen nicht als schrecklich. Ich hatte immer das Gefühl, dass sich Ärzte und Pflegepersonal gut um mich kümmerten.

30.

Hat die Krankheit auch etwas Gutes bewirkt?

Eine positive Auswirkung: Seit dem Tag, als ich die Diagnose erhielt, bis zum Abschluss der Therapien erlitt ich keinen einzigen Migräneanfall. Sogar als ich mit Säften fastete, hatte ich keine Migräne. Erstaunlich, dass sich trotz mehrerer langer Narkosen, Chemotherapien und Strahlentherapien kein einziger Migräneanfall meldete.

Was löst meine Migräneanfälle also aus? Sind es bestimmte Nahrungsmittel, die ich meiden sollte? Blieben die Migräneanfälle aus, weil ich mich künstlich ernährte? Könnte zu viel Stress im Alltagsleben daran schuld sein? Ich werde bald sehen, dass die Migräneanfälle zurückkehren, sobald ich in den Alltag zurückkehre. Aber nicht etwa, weil ich sie zurück erwartete.

Es würde mir guttun, das Arbeitstempo selbst vorgeben zu können. Einmal ist es höher, einmal tiefer, abhängig davon, wie ich mich gerade fühle.

Ausser der Migräne geht es mir aber sehr gut. Meine letzte Erkältung liegt mittlerweile fünf Jahre zurück. Liegt es an der Misteltherapie, dass meine Immunabwehr so gut ist? Könnte es auch daran liegen, dass ich

- achtsamer lebe,
- meistens für mich koche, viel Gemüse und Kräuter verwende, sehr selten eine vorgekochte Speise aufwärme,
- mehr auf meine Bedürfnisse achte,
- mein Arbeitspensum reduziert habe – erst auf 90 %, später auf 80 % –, somit eine Gewinneinbusse hinnehme, dafür meinen Traum lebe, zumindest teilweise?

31.

Schlusswort

Ich habe eingesehen, dass ich nicht weitermachen kann wie bisher. Einiges habe ich schon geändert. Zum einen habe ich mein Arbeitspensum reduziert. Schon eine kleine Reduktion gibt mir die Möglichkeit, Hobbys nachzugehen.

Zum Beispiel: Die Blockflöte meiner Tochter aus der Versenkung holen und damit zu üben, wie ich das vor Jahrzehnten machte. Da meine Eltern ein paar Mal den Wohnort wechselten, als ich ein Kind war, kam ich nie zu Blockflötenunterricht. Den gab es damals häufig im ersten Schuljahr. Wer eine Blockflöte besass, konnte am Unterricht teilnehmen.

Eine eigene Blockflöte besass ich nie. Zudem zogen meine Eltern von einem Kanton in den anderen, als ich gerade mal zwei Monate die erste Klasse besucht hatte. Am neuen Schulort hatte der Flötenunterricht längst begonnen, am alten Ort noch nicht.

Als ich in der zweiten Klasse war, bekam ich zu Weihnachten eine Hohner Melodica geschenkt. Meine älteste Schwester übersetzte mir die Noten für einige Lieder. Auf diese Weise übte ich, ohne je Musikunterricht zu nehmen. Später gab mir dieselbe Schwester ihre Blockflöte.

Von einer Freundin bekam ich das Notenheft, das sie selber im Blockflötenunterricht benutzt hatte. Damit brachte ich mir die Noten bei. Meine Mutter sagte mir und den jüngeren Geschwistern oft, wir seien unmusikalisch. Das tat sie wahrscheinlich deshalb, weil sie und mein Vater finanziell nicht in der Lage waren, uns in den Musikunterricht zu schicken.

Sie sagte uns Mädchen auch dauernd, wir seien unsportlich. Sie meinte es nicht böse. Ihre Mutter – unsere Grossmutter – hatte ebenfalls ständig zu ihr gesagt, sie sei unsportlich. Meine Mutter vertraute mir einmal an, dass sie gerne Skifahren gelernt hätte wie ihre drei Brüder. Meine katholische Grossmutter fand,

Skifahren sei nichts für Mädchen. Meine Mutter lernte auch nie, ein Musikinstrument zu spielen. Das blieb ihren Brüdern und der jüngeren Schwester vorbehalten. Sie selber glaubte ganz einfach, sie sei nicht musikalisch, und akzeptierte es deshalb.

Dass ich nie in den Musikunterricht gehen oder Skifahren lernen konnte, machte mir nichts aus. Aber diese negativen Suggestionen taten mir nicht gut. Ein Kind kann nicht anders, als zu verinnerlichen, was ihm die Erwachsenen eintrichtern. „Du bist unmusikalisch. Du bist unsportlich“, hörte ich immer wieder. Meiner Mutter nehme ich das jedoch nicht übel. Sie war selber ein Opfer ihrer eigenen Mutter, die erzkatholisch aufgewachsen war. Zudem bin ich selber Mutter und weiss, wie es sich anfühlt, nicht alles richtig gemacht zu haben.

In der Sekundarschule gab mir die Sportlehrerin eine schlechtere Note, als ich meiner Meinung nach verdiente hätte. Wir wurden für Bodenturnen und Geräteturnen benotet. Jeder musste einzeln die gewünschten Übungen vorführen. Die Turnlehrerin sagte mir danach, meine Bodenturn-Vorführung sei die beste der ganzen Klasse gewesen. An den Ringen hätte ich jedoch gehangen wie ein Kartoffelsack. „Du siehst doch gar nicht unsportlich aus!“

***

Heute zählt nur die Gegenwart. Mehr denn je ist für mich ein selbstbestimmtes Leben wichtig. Ich will lieber jetzt Zeit haben für mich, als mich auf meine Pensionierung zu vertrösten. Wenn finanzielle Sicherheit meine oberste Priorität wäre, hätte ich mein Arbeitspensum nicht reduziert.

Als eine Arbeitskollegin erstaunt reagierte, wie ich mir die Gewinneinbusse leisten kann, sagte ich zu ihr:

„Ich weiss nicht, ob ich das Pensionsalter erlebe, also lebe ich lieber jetzt."

„Ach so, du weisst nicht, ob du das erlebst?"

Kann sie mit Sicherheit sagen, dass sie ihr eigenes Pensionsalter erlebt? Niemand kann das. Nur weil das durchschnittliche Sterbealter in den letzten Jahrzehnten gestiegen ist, heisst das nicht, dass jeder neunzig wird. Es stellt sich zudem die Frage, in welcher Verfassung eine Person neunzig wird. Wenn jemand mit diesem Alter kaum eingeschränkt ist und das Leben noch geniessen kann, dann ist es sicher schön, dieses Alter zu erreichen. Viele sind im hohen Alter aber dement oder körperlich stark eingeschränkt.

Ich werde mich im Pensionsalter finanziell einschränken müssen. Jedoch habe ich nicht vor, eine Weltreise zu machen. Auch auf Designertaschen und -kleider kann ich verzichten.

Ich habe mit Schreiben begonnen und setzte damit meinen grossen Traum um. Ein Buch habe ich bereits herausgegeben.

Trotzdem ertappe ich mich manchmal bei Gedanken wie:

„Hätte ich damals mich und meine Gesundheit voran- und die Arbeit hintangestellt."

„Hätte ich diesen einen Kontrolltermin nicht abgesagt."

Ich hatte mich damals ja nach der ersten kleinen Operation von mir aus gemeldet, weil ich merkte, dass etwas nicht stimmte. Es waren keine Nachsorgetermine vorgesehen gewesen, weil das entnommene Gewebe keine Tumorzellen enthielt.

„Wäre ich sofort, nachdem ich den Knoten ertastet hatte, zur Hausärztin gegangen."

„Hätte ich mich in der HNO-Klinik für einen möglichst baldigen Termin eingesetzt." Da ich zuvor an der Zunge nur eine kleine Krebsvorstufe hatte, konnte niemand ahnen, dass ich ein paar Jahre später an einem bösartigen Tumor litt.

Hätte ich … wäre ich … Solche Gedanken machen nichts ungeschehen. Ich kann nur akzeptieren, dass ich mit ein paar – immer noch kleineren – Einschränkungen lebe und mögliche Spätfolgen der Therapien in Kauf nehmen muss.

Ich lebe noch. In meinem Bekanntenkreis sind Leute in den besten Jahren plötzlich verstorben. Sie hatten keine Möglichkeit mehr, sich therapieren zu lassen, um weitere Lebensjahre zu gewinnen.

Oft erwarten wir von den Ärzten, dass sie Wunder vollbringen. Wenn sie das nicht können, sind wir enttäuscht. Wir sollten einsehen, dass Ärzte auch nur Menschen sind. Sie tun – meistens – alles, um den Patienten zu helfen. Aber Wunder vollbringen können auch sie nicht.

***

Seit meiner schweren Erkrankung sind fünf Jahre vergangen. Meine Lektion habe ich gelernt. Auf die Frage, die ich am Anfang dieses Buches stelle – wem soll man glauben: Schulmedizinern, Naturheilern oder sonstigen Anbietern von alternativen Therapien? –, habe ich die Antwort gefunden. Wer liest, was ich im Laufe der Krankheit erlebt habe, wird zum selben Schluss kommen wie ich.

Die Autorin

Lena Villiger wurde 1959 als fünftes von acht Geschwistern in Luzern geboren. Nach einer kaufmännischen Lehre und Sprachaufenthalten in England und Frankreich arbeitete sie als Sekretärin in Genf und Zürich. Mit 27 Jahren nahm sie eine Stelle beim Außendepartement an, welches sie nach Stockholm und Ankara entsandte. In der Türkei lebte sie insgesamt achteinhalb Jahre, wovon sie knapp zwei Jahre für das Außendepartement in Ankara tätig war. Die restliche Zeit lebte sie mit ihrem türkischen Ehemann in Istanbul. Sie bekamen eine Tochter. Als diese drei Jahre alt war, zog die Familie in die Schweiz. Die Autorin lebt in einem Vorort von Zürich. Ende März 2019 wurde ihr erstes Buch mit dem Titel „Im Fokus der Geheimdienste" unter dem Pseudonym Lena Vivien veröffentlicht.